EL ENIGMA
DE
CONSTANTINO
EL GRANDE

ALBERT SALVADÓ

A Mª Creu, con la esperanza de que exista una eternidad de amor.

ISBN: 978-99920-1-933-7
Depósito legal: AND.207-2012

© **Albert Salvadó**
www.albertsalvado.com

Diseño de la cubierta: Sarabia Photo

ÍNDICE

LA FAMILIA DE CONSTANTINO EL GRANDE

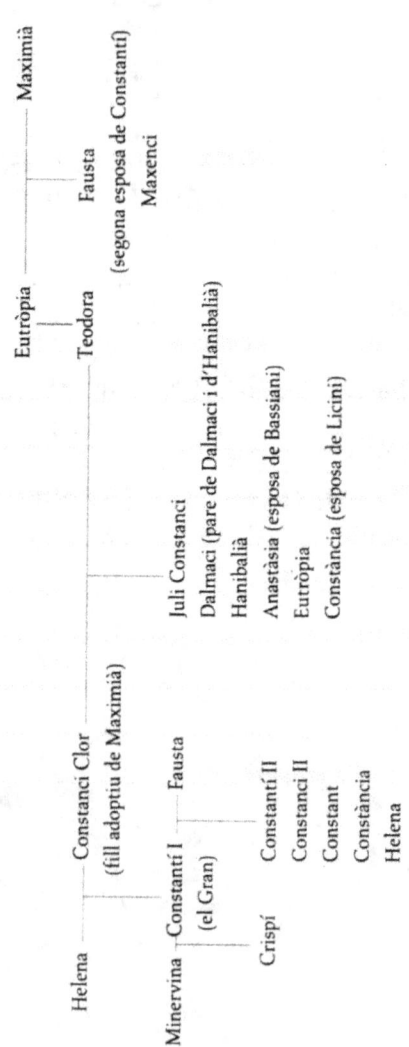

1 - CINCO EMPERADORES Y UN IMPERIO

Hace un rato dormía, pero algo me ha desvelado. Creía que eras tú, Minervina, aunque quizás ha sido el viento que revolotea tras la ventana y busca entre las rendijas agujeros por donde colarse, de noche y a oscuras, como un ladrón.

Seguro que es él. No puede ser otro porque en palacio todos duermen, excepto los soldados de guardia. Y, si le presto un poco más de atención, siento que llega acompañado por una voz lejana que me susurra. «Constantino, Constantino déjame entrar», dice con voz queda, casi insinuante.

Ya hace dos días que no paseo por el jardín y seguro que los capullos habrán estallado bajo la presión de los pétalos que despiertan y se desperezan tras un largo invierno. Ahora quisiera acercarme y contemplar el presente que la naturaleza nos ofrece cada primavera, pero la noche es oscura y los colores se han adormecido.

Esta mañana he vuelto a notar los latidos de mi corazón, que refunfuñaba inquieto, sin haberlo provocado, y de trecho en trecho se detenía un instante, como si tomase aliento para continuar su lento trotar de caballo viejo y achacoso. Tan achacoso que siento que cada vez me cuesta más respirar.

¡Ay...! Ya no me queda otro remedio que dejar a un lado la acción y conformarme con las explicaciones que Teófilo me ofrece, llenas de exquisitas metáforas y enriquecidas por los mil y un detalles con los que corona sus descripciones.

Me gusta escucharle cuando me relata incluso la más pequeña filigrana que los dedos del jardinero ejecutan con amor para sacar el máximo partido de cada rincón y convertir un pedazo de tierra en vergel. Este cuerpo esmirriado, casi infantil, que es Teófilo, posee una delicada sensibilidad propia de su feminidad, ciertamente descarada y asumida, porque todos descubren de inmediato que no es ni carne ni pescado, pero que le permite transformar el menor de los matices de color en poesía.

Esta tarde he ordenado que acerquen mi cama hasta la ventana para poder respirar mejor.

Sin embargo... ya es inútil. Las costillas han dejado de ser el escudo protector de los pulmones y se han erigido en barrotes de la celda que los mantiene prisioneros hasta ahogarme. Incluso esta ligera sábana de hilo que cubre mi cuerpo es un peso que casi no puedo ni soportar.

¡Mira! Las cortinas se mueven. Se ha levantado el viento y el cielo se oscurece más y más a cada instante. Escucha, escucha... ¿Qué es ese ruido? El anuncio de una tempestad que se cierne... Sí. ¡Ya lo creo, que sí! Y dentro de muy poco la tendremos encima.

No debería haber ordenado que cambien la cama de sitio. Pero, ahora... ¡Qué más da! Ya es demasiado tarde y no tengo ganas de despertar a los sirvientes y ordenarles que deshagan el trabajo. Mañana me tomarían por loco, aunque no se atrevieran a decírmelo a la cara, y harían los comentarios de siempre, en voz baja: «Es un viejo que chochea y ya no sabe ni lo que quiere.»

Sé que esta noche ya no dormiré más. Mañana por la mañana mi cuerpo se alzará en quejas contra mí, como siempre hace tras una noche en blanco, y Ticinio me regañará. Me escupirá a la cara que no colaboro con el efecto de las pócimas que prepara con sumo cuidado, con el amor que todo hombre de ciencia pone en cada una de las tareas que lleva a cabo. Él es el único con autoridad sobre mí y se enfada y me grita y trata al emperador, el hombre más poderoso del mundo, como a un niño malcriado.

¿Y qué puedo objetarle, si es un buen médico? Me ha sacado de apuros en tantas ocasiones... Además, comprendo su desespero y su impotencia ante la arrogancia que me impide seguir sus órdenes. Cada vez que me desnudo y dejo que examine el recuerdo de aquel cuerpo —envidia de muchos y deseo de muchas, en otros tiempos— descubro en su mirada una chispa de ternura, reflejo de la compasión que brota de sus ojos. Mira, toca, mueve, remueve y me molesta cuanto quiere. Él ve el resultado en la arquitectura de este edificio, el producto de los excesos, y mueve la cabeza a derecha e izquierda mientras sus labios se contraen en un gesto de desaprobación. Con una sola ojeada conoce el retrato de mi interior y ante él, aún vestido, me siento desnudo...

Sin embargo, su ciencia no alcanza el nivel del prodigio e intuyo que la muerte ha empezado a caminar hacia mí. Ni las hierbas ni las sales pueden detener la caída de un hombre que se apaga como la luz de una candela agonizante.

No me queda más que esperar hasta que la vida detenga su caminar. Entonces, poco a poco, mis ojos se negarán a traerme la luz. Incluso la de la linterna que cada noche ordeno encender junto a la cama, porque durante las pocas horas de oscuridad he de levantarme tres y cuatro veces para aligerar los desperdicios que produzco constantemente, pero que ya puedo retener. No me atrevo a hacer balance, porque estoy convencido de que he empezado a producir más de la cuenta y que las pérdidas superan netamente a las ganancias.

¡Oh, dioses! ¡Larga es la vida cuando contemplas el pasado, y corta cuando quieres mirar hacia delante, cuando sabes que casi no hay tiempo y, sin embargo queda tanto por hacer!

La muerte ronda mi lecho. No hay duda, porque siento la necesidad de hacer un resumen del libro de mi vida —el que todos escribimos sin palabras, conforme avanza nuestra existencia—, concluir el último capítulo y poner el punto y final a la historia de toda una existencia.

Sí. Verdaderamente, es mejor no dormir.

¿Dónde estás, dulce Minervina? ¿Dónde estás? ¡Han sido tantas las ocasiones en las que he deseado tenerte cerca! Ahora me gustaría que estuvieses a mi lado. Tú entenderías las decisiones que me han conducido hasta donde me encuentro y que muchos creen que son absurdas.

Todos se preguntan por las razones que me han empujado a dividir el Imperio en cinco partes, cuando he dedicado toda una vida para conseguir que sea uno. «¡Tanta lucha para acabar derribando el edificio que ha construido!», gritan. «¡Cinco emperadores para un imperio!», se escandalizan.

¡Claro que son difíciles de entender, las razones, si no se conoce toda la historia, las circunstancias, los pensamientos y las decisiones!

Me siento cansado.

¿Cómo he llegado hasta aquí?, me preguntaba hace un rato, sorprendido por un interrogante que aparece después de tantos años sin mirar nunca atrás, con los ojos clavados en el futuro. Y cuando lo medito sonrío, porque ahora me doy cuenta que el inicio he de buscarlo en Nicomedia, cuando alternaba el estudio de los griegos con la destreza de las armas, cuando la juventud me ofrecía su fuerza y el cuerpo despertaba con el estallido de violencia que sigue al deseo de disfrutar de todas las experiencias que el mundo brinda a la curiosidad del adolescente. Porque... ¿qué puedo decir de mi infancia? Que Arles quedaba muy lejos, en el otro extremo de un vasto imperio que rodea el Mediterráneo y se extiende hasta más allá de otros mares, y que allí vivía mi padre...

Jamás acepté que Teodora ocupara el lugar de mi madre cuando el emperador Maximiano adoptó a mi padre, alianza que le convertía en aspirante a la más alta autoridad del Imperio y a mí me abría un resquicio de esperanza para poder pretender alcanzar —aunque sólo fueran sueños— las impensables cuotas de gloria que el futuro me había de reservar. Sueños que con el paso de los años se han convertido en realidad, y que vivía intensamente avanzándome al tiempo y a los acontecimientos. Pensamientos que se integraban en mis juegos de infancia y de adolescencia y que no se desvanecieron por completo cuando llegó el instante de olvidar el juego y pasar a la acción.

Fui educado en Nicomedia por imposición del emperador Diocleciano, asustado ante la perspectiva de que Constancio pudiera aspirar a su puesto. Y fui separado primero de mi madre y después de mi padre, de todo amor y de los sentimientos que alimentan a un niño tanto o más que la comida.

De infancia, pues, poco disfruté y poco puedo recordar.

La escuela de Nicomedia fue mi verdadero hogar, lejos de mis progenitores. Allí se albergaban las aulas, los jardines, los dormitorios, la sala del gimnasio, los baños, el patio de armas y los campos de entrenamiento. Entre ellos dividía todas las horas del día bajo la mirada atenta y vigilante de los preceptores y de los entrenadores.

Unos meses después de mi llegada ya conocía cada uno de los rincones: desde el pedazo de losa, bajo la cama, donde escondía mis secretas pertenencias —un puñal, el anillo de mi madre, las cartas de mi padre,...— hasta el tronco que me servía de escalón y me permitía disfrutar de una libertad momentánea, al saltar el muro y alcanzar la calle. Y tres años más tarde tenía la extraña sensación de haber vivido siempre entre aquellos muros, hasta el punto que podía engañarme y creer que había nacido allí.

La ventana del dormitorio daba encima del jardín de la casa del mercader Cirilo, donde vivían dos muchachas que, de vez en cuando, me guiñaban un ojo en una clara invitación que tan sólo las mujeres sabéis lanzar sin el soporte de la palabra.

Una noche, cuando mis compañeros dormían, las oí hablar. Me levanté sin hacer ruido y me acerqué a la ventana. Ellas me vieron y después de intercambiar miradas y sonrisas me hicieron señas para que bajase a su encuentro. Me vestí, me escabullí y con ayuda del tronco salté el muro.

Adriana y Drusila se llamaban, y eran simpáticas y juguetonas.

—¿Por qué perder toda una noche? Con una que vigile hay más que de sobra —apunté, después de decirles cuatro tonterías y arrancarles tímidas sonrisas.

—¿Por qué tendría que vigilar alguien? —preguntó Adriana.

—Te lo contaré cuando hayamos acabado —respondí mientras miraba a Drusila con intención.

Reímos y me levanté para dirigirme hacia la parte más frondosa del jardín. Drusila dudó un instante, pero también se levantó y me siguió hasta un olivo.

¡Qué muchacha! Aún no le había levantado la túnica que ya respiraba pasión. Y cuando atrapé su entrepierna la encontré tan húmeda y viscosa que me excité hasta el extremo que el pene me dolía.

Caímos al suelo, echados, y la poseí con violencia, tal como había escuchado que hacían mis compañeros más experimentados. Pero ella no se quejó lo más mínimo. Era tosca y buscaba el placer de la misma forma que el pastor conduce el rebaño: a silbidos y a bastonazos. Nada le hacía frente. Me tocaba y me acariciaba y se excitaba ella misma y alcanzaba un clímax tras otro.

Sin embargo, a mí me gustó aquella naturalidad y allí nos quedamos un buen rato, hasta que ambos habíamos satisfecho nuestro deseo y yo había contemplado largamente la desnudez de aquel cuerpo, mientras tocaba todo cuanto se podía tocar y descubría cuanto la imaginación ya me había avanzado.

Me sentí feliz y satisfecho. Ya era un hombre. Había alcanzado una meta que soñaba cada vez que Marcos nos explicaba sus aventuras con las esclavas de su padre.

Entonces abandonamos nuestro escondrijo y tomé a Adriana y me la llevé hacia el olivo, creyendo que tenía que ser diferente: más femenina, más estrecha y más delicada, porque sonreía con timidez y bajaba la mirada.

Andábamos el uno al lado del otro cuando, de pronto, tuve una extraña sensación. Era como si fuésemos tres, los que caminábamos, y no dos.

Una nueva experiencia se abría camino en mi interior al mismo tiempo que la túnica de Adriana resbalaba lentamente y me descubría la voluptuosidad de unos pechos coronados por unos pezones oscuros y desafiantes.

Le puse la mano sobre el estómago y la retiré de inmediato ante el estremecimiento de aquel cuerpo que me acogía como el más delicado de los cojines de plumas. Pero ella, lejos de conformarse, me obligó a aplastarla otra vez y, en lugar de detenerme, dominó mi mano con fuerza y la guió, manifestándome con toda libertad, con verdadero descaro, los más íntimos anhelos y la irrefrenable avidez, posiblemente excitada y engrandecida por la espera y por los suspiros de quien ya había obtenido favor y satisfacción, mientras una exclamación de placer infinito se escapaba de sus labios inflamados de pasión. Notaba que toda la violencia del bajo vientre se manifestaba en un estallido y, erguido y orgulloso, se avanzaba el símbolo de mi masculinidad, haciendo caso omiso de la lucha interna que ahogaba mi cerebro en un debate entre el instinto y la razón, diferente por completo de la experiencia vivida tan sólo hacía unos momentos.

¿Pero, qué está sucediendo?, no cesaba de preguntarme.

Mientras el instinto transportaba y hacía correr mis manos y sentía el roce de la tela con la piel rosada y pulida, y se excitaba aún más mi virilidad, la razón me sumergía en un mar de confusiones y preguntas que se amontonaban unas sobre otras: ¿Lo estoy haciendo bien? ¿Qué piensa ella? ¿No padeceré una caída en el último instante? ¿Cómo he de penetrarla...?

Por fortuna, todas mis dudas se desvanecieron y el instinto —no el mío, el de aquellos momentos, sino el de Adriana en estrecha complicidad con su experiencia y la fuerte excitación— suplió la falta de conocimientos del pobre muchacho que estaba con ella.

Prácticamente sin darme cuenta, me descubrí echado de espaldas, acaricié sus pechos que se balanceaban sobre mí a idéntico ritmo que la trenza de pelo negro y sus muslos que se alargaban a mis costados, mientras ella me cabalgaba con un frenesí que aumentaba con cada movimiento y que concluyó mucho después que yo hubiera eyaculado e, incluso, notase claramente que ni participaba ni ocupaba el centro de su intimidad.

Se dejó caer de espaldas, con la cabeza sobre mis pies. En aquel instante todo era novedad. Eran otros ojos los que miraban, otras manos las que acariciaban y otra mente la que pensaba. Recorrí sus muslos y sus piernas y me detuve en los pies, explorándole los dedos. El aire había cambiado; era más suave. Los colores también habían cambiado; eran más vivos.

Aquí comenzó todo, en el preciso instante en que descubrí que en mi interior convivían dos personas. El misterio de la dualidad, lo definiría un cristiano por similitud con el de la trinidad de su dios.

Sí, es un buen símil, a pesar que a veces me hace sonreír. De la misma manera que en la trinidad de su dios, en mí coexisten dos personas y ambas son Constantino.

Supongo que a todos nos sucede algo parecido, pero la diferencia se encuentra en que yo lo he vivido de forma consciente, mientras que otros muchos no se han enterado nunca. Ni siquiera en el instante de la muerte. Creo.

Dos personajes que se complementan y que me han ayudado en todo momento.

El primero sobresalía por encima de los demás estudiantes en el manejo de las armas, siendo una espada, en su mano, tan natural que se confundía con la prolongación del brazo, al mismo tiempo que la lanza se convertía en esclava de mi deseo y acertaba la pieza en un vuelo largo y curvo, calculado por una mente matemática y ejecutado por un cuerpo perfecto que medía la fuerza, la inclinación y el posible error producto del viento. No me extrañaría que los propios centauros envidiasen la total armonía cuando me encontraba sobre un caballo, que obedecía ciegamente la más mínima insinuación de mis rodillas.

Sin embargo, al segundo le apetecía más sentarse a la sombra de un árbol con un texto en las manos, con un pensamiento en la mente o con los ojos perdidos en la contemplación del infinito de los cielos en busca de respuestas a preguntas imposibles.

A partir de aquel día ambas caras y ambos personajes compartieron como compañeros, como dos buenos amigos, los más entrañables del mundo, todos los ratos de ocio que los preceptores me permitían sustraer a la férrea disciplina romana. Yo mandaba sobre ellos y ellos me obedecían con docilidad, con reverencia y con respeto.

Me sentí inmensamente feliz con ese descubrimiento y me dejé seducir y conducir a una vida llena de aventuras y de sueños, y me convertí en su cómplice en todo y para todo, a pesar de que poco podía imaginar que el futuro me arrastraría por caminos tan complicados y divergentes y, al mismo tiempo, complementarios, huidizos y tan bien diseñados: verdaderas calzadas calculadas por el mejor de nuestros arquitectos, con puentes que saltan por encima de los barrancos más profundos y dejan atrás el misterio del futuro para convertirlo en presente e, inmediatamente después, en pasado.

De aquí arranca la trinidad de Constantino: el temerario, el pensador y yo. Una dualidad dentro de una trinidad. ¡Menudo lío! Pero real, porque no pocas veces me he confesado a mí mismo que nunca habría empezado muchas de las aventuras de juventud, si no fuera porque una parte de mí —el temerario— me arrastraba en su afán por vivir nuevas experiencias, en su deseo de disfrutar de cada inspiración, de cada movimiento y de cada latido del corazón, y de sentir la aceleración de todas las vísceras cuando el peligro nos ronda. Sensaciones que me atraían y, al mimo tiempo, me hacían sufrir.

Aquella noche apenas dormí. El descubrimiento era tan sorprendente que sobrepasaba todo placer terrenal y muy atrás quedaban la complacencia en la posesión de un cuerpo de suaves formas, el disfrute de las caricias prodigadas y recibidas y el descanso tras la satisfacción de los espléndidos placeres de la carne.

Ante la magnitud del descubrimiento no cesaba de preguntarme: ¿Quién es Constantino? Y no podía distinguir entre el conquistador y el poeta, a quien la imaginación elevaba hasta el paraíso. Me sentía tan desconcertado como si acabase de descubrir un intruso que penetra subrepticiamente en mi hogar para robarme la supremacía y la propiedad.

Fue sublime. Aquel compartir entre dos seres que conviven dentro del mismo cuerpo representaba una experiencia impagable. Sentirme solo, libre y perdido en el vacío me llenaba de temores y me gustaba.

Ése, sin duda, fue el primer día de mi existencia. De la existencia de la conciencia real de mi persona. Y a partir de aquel instante los recuerdos son claros.

En un par de ocasiones nos visitó el emperador Diocleciano. La primera vez creí que era un gigante. Llegaba vestido con su armadura y montaba un caballo persa, hermoso, de terciopelo negro y brillante, finas patas, crin rebelde y larga cola. Su voz era grave y mantenía la cabeza tan erguida que yo dudaba que pudiera vernos. Sus manos tenían dedos poderosos que parecían hechos para al puño de la espada y le acompañaba su guardia personal, soldados grandes como montañas y orgullosos como leones. Todo en él era grande, ¡gigantesco! ¡Inmenso!

Mitriani se arrodilló ante el caballo del emperador y Diocleciano puso pie en tierra y lo alzó.

—¿Son bravos esos muchachos? —preguntó con voz de trueno.

—Lo serán, señor.

—Han de serlo —sentenció de nuevo Diocleciano, se acercó a nosotros y nos preguntó—: ¿Qué harías si tuvieras que enfrentarte a un ejército dos veces mayor que el tuyo?

—Atacar por sorpresa, de improviso —respondió Braulio.

—Estudiar con sumo cuidado la táctica —corrigió Nemesio.

—Ordenar a mis hombres que cada uno de ellos mate tres enemigos antes de morir —respondí yo.

Diocleciano me miró.

—¿Por qué tres?

—Porque ellos son el doble y así, sin duda, venceremos.

—¿Cuál es tu nombre?

—Constantino.

—El hijo de Constancio... —murmuró y, sin más palabras, asintió, sonrió y se fue.

La segunda vez fue dos años más tarde, y Galerio le acompañaba. La túnica había sustituido a la armadura y la cuadriga al caballo. Ya no me pareció ni tan alto ni tan poderoso. También es cierto que yo había crecido.

Galerio nos visitaba con mayor frecuencia y se interesaba vivamente por las explicaciones de Mitriani. Las de Liberio, Sila y Craso ni las escuchaba. Sólo quería saber si nuestros progresos como soldados eran los esperados. De la poesía, del teatro y de la filosofía, ya hablarían otro día, decía con una sonrisa. Día que, evidentemente, nunca llegó.

Aquel hombre me inquietaba. Tanto era así que no perdía detalle de sus movimientos y lo estudiaba con suma atención. Fornido, bajaba la cabeza y parecía no mirar, pero yo sabía que mi persona ocupaba buena parte de su interés.

No obstante, en Nicomedia no me sentí prisionero, a pesar de que ésta sea la palabra que más se ajusta a la definición de mi estado real. La vida durante los primeros tiempos, en la escuela, transcurrió plácida, rodeado de buenos amigos y compañeros, y aún de mejores preceptores e instructores, sin que pueda manifestar queja alguna en ningún aspecto, excepto por la separación de mis padres. El estudio y el ejercicio de las armas llenaban todas mis horas del día. Correcto era el tracto por parte de quien pretendía que Platón, Aristóteles, Séneca, Esquilo, Sófocles, Ovidio, Livio Andrónico, Virgilio..., y todos los maestros que les han precedido y seguido ocuparan una parcela en mi memoria; duro, sin embargo, en el aprendizaje del arte de la guerra, puesto que había decidido cimentar mi futuro en la fuerza de la espada, más que en las bibliotecas, y mis instructores no perdían el tiempo.

Braulio fue mi mejor amigo de juventud. Cuando salíamos de caza éramos felices; nuestros ojos manifestaban el placer que sentíamos cuando el cuerpo intenta establecer sus límites en la confrontación con otros seres y nos librábamos al combate con un entusiasmo tan sólo ofrecido por la juventud. Con él sostenía largas conversaciones y establecimos unos lazos de amistad que perduraron cuando, acabadas la educación y el entrenamiento, fuimos destinados a Alejandría.

Un día, en la escuela, le pregunté:

—¿Crees de veras que existe la eternidad?

Él se rascó la cabeza y me miró extrañado.

—Liberio nos lo dirá —me contestó.

Pero cuando preguntamos a Liberio, éste levantó las manos en alto y respondió:

—¿La habéis visto alguna vez?

—No. He visto que la gente nace, vive un tiempo y muere, mientras los años avanzan inexorables —le contesté—. Es innegable porque lo vivimos constantemente. Pero ha de existir alguna cosa más allá.

—¿Estás seguro? ¿Creéis de veras que queda algo cuando alguien se marcha para siempre jamás? Nadie ha vuelto para poder explicar lo que se esconde tras la cortina que separa la vida de la muerte. Un velo tan tenue y delicado que puede rasgarse en un abrir y cerrar de ojos, porque la muerte sobreviene en un instante: ahora estás aquí, ahora ya no estás. ¿Y después qué...? Pues, después, emergen la eterna pregunta y las dudas que genera, juntas, como buenas hermanas. Dudas y más dudas, a pesar de que alguien diga que lo tiene claro —guardó silencio un instante y añadió —: No hay nada claro en este mundo. No lo olvidéis: no hay nada claro.

—La fe en los dioses —replicó Braulio, influenciado por las palabras de Craso.

—¿Quieres decir...? Te recuerdo que la fe no es el conocimiento, no es la certeza basada en una realidad tangible. En todo caso es la confianza ciega en la palabra de un tercero. ¿Dónde queda, pues, la razón, y dónde se esconde la verdad? ¿Quién dice que conoce la verdad, si la verdad no se deja atrapar?

—¿Y si la verdad no se deja atrapar, por qué dedicamos tanto tiempo y tanto esfuerzo a pensar en ese tema en concreto? —preguntó Braulio.

—Quizás porque despierta nuestro interés y capta nuestra atención. Tal vez porque nos preocupa... —Se encogieron las encorvadas espaldas del viejo maestro—. Cualquier explicación, a poco que la penséis, es buena. No os obsesionéis con los porqués y contemplad el qué —nos dijo con una sonrisa.

—Los dioses son eternos —intervine. No estaba dispuesto a cerrar el tema con tanta facilidad.

—¿Qué dioses?

—Los verdaderos. Los reconocidos por Roma: Mitra, Zeus, Júpiter, Apolo, Afrodita, Venus, Eolo, Neptuno, Mercurio...

—¿Así, según tú, los verdaderos son los romanos? —sonrió Liberio—. Dime: ¿A quién adoran los egipcios? ¿No adoran también al sol, al dios de las aguas, al de la fertilidad,...? ¿Comienza a ser verdadero un dios cuando le cambias el nombre?

Nunca, hasta entonces, me había detenido a pensar que nuestros dioses provienen de los dioses griegos y que podemos mezclarlos, y ninguno de ellos se ofenderá. No, no lo había meditado, pero aquella tarde, mientras el sol acariciaba la línea del horizonte y la luna tomaba posesión de la noche, reflexioné largo rato sobre el significado de sus palabras, nunca enteramente claras, porque Liberio respondía a cada pregunta nuestra con otra suya y, en el mejor de los casos, con una vaguedad que aún añadía más dudas a la duda. Él nunca afirmaba nada. Ni lo afirmaba ni lo negaba. Al contrario que los demás preceptores, que escuchaban nuestras preguntas y respondían con exactitud y certeza. Sin embargo, Braulio y yo preferíamos plantear nuestras dudas a quien nunca nos otorgaba su verdad.

Durante la noche que siguió a aquella tarde, sin tener en cuenta el tiempo y sin que el sueño me obligara a cerrar los ojos, sin que los párpados adquiriesen más peso del que habían arrastrado durante el día y casi sin que el cuerpo me pidiera cambiar de postura, dediqué horas a la búsqueda de respuestas. Y justo al amanecer, cuando la oscuridad huía y el rojo de primeras horas de la mañana se levantaba en un lento y progresivo caminar, lancé una imprecación.

—¡Oh, Mitra! Concédeme la sabiduría —grité —. Revélame los secretos del universo y de la eternidad. Te lo pido, te lo ruego, te lo exijo.

Con los brazos en alto y los puños cerrados, en aquel instante no supe que mi imprecación podía ser escuchada y mucho menos sabía que las concesiones de los dioses nunca son gratuitas, a pesar de que el estudio de la Eneida y de la Odisea tendría que haberme otorgado el conocimiento de esa norma tan elemental: nadie no da nada a cambio de nada. Y menos aún los dioses.

2 - MIRANDO HACIA LA CIMA

Amoldarme a la vida militar fue sencillo. Lo había deseado y lo había soñado tantas veces y con tanta intensidad... Y, de hecho, Alejandría era la continuación de Nicomedia. Recibíamos órdenes y las ejecutábamos. Nos movíamos constantemente, aunque la frontera con Persia no ofrecía demasiado peligro, si descontamos alguna pequeña incursión por parte del enemigo que nos obligaba a una operación de castigo para dejar bien claro que el poder de Romano se puede despreciar.

Son tiempos de recuerdos agradables junto a Braulio, pero sin que pueda destacar ninguno en especial, excepto las conquistas amorosas, las cenas y las fiestas con los compañeros.

Un día, cuando regresábamos de una salida rutinaria, me llamó el tribuno Marciano.

—Recoge tus pertenencias. Regresas a Nicomedia —me dijo.

—¿Por qué?

—Porque alguien te ha echado el ojo encima y yo pierdo un buen oficial.

El tribuno Marciano me estimaba. Era noble y valiente y yo sentía un gran respeto y una profunda admiración por él.

—¿Y Braulio?

—Él se queda aquí.

A la mañana siguiente, Braulio y yo nos abrazamos, subí al caballo y dejé tras de mí un montón de recuerdos.

Cuando llegué a Nicomedia me enteré que había sido Galerio, personalmente, quien había dado la orden para mi traslado.

—Descansa un par de días. Disfruta del vino y de las mujeres y luego ya hablaremos —me dijo.

Dos días después, de noche, un mensajero me trajo una carta de mi padre. Me sorprendió descubrir que él ya hacía días que conocía la orden de mi traslado. Pero aún me sorprendió mucho más el contenido de su carta. Él, con la visión que caracteriza al hombre de experiencia que ha sabido extraer las enseñanzas de la vida que le permiten descubrir con una sola mirada todos los matices del rostro de una persona, y los secretos escondidos bajo el alma más enrevesada, me alertaba. Entre línea y línea, entre palabra y palabra, había una orden imperiosa: ¡Abandona Nicomedia!

Tomé las armas y el dinero y ya alcanzaba la puerta de atrás cuando escuché ruido en el jardín. No me encontraba en el campo de batalla ni tenía junto a mí a Braulio ni a ninguno de mis compañeros. Era mucho más prudente y acertado olvidar las heroicidades. Así que me dirigí directamente al puerto, pagué al barquero y escondido en el fondo de la barca atravesé el Bósforo.

A la mañana siguiente desembarqué en la otra orilla. En Bizancio compré un caballo y emprendí una larga carrera seguido de cerca por Vegecio y sus soldados. En Sirmium cambié de montura y ya estaba a punto de irme cuando se me ocurrió la idea de comprar todos los caballos de refresco. Poco después los mataba, aunque lo hice con pena y con dolor porque esos nobles animales siempre han gozado de mi estima, de mi consideración y de mi respeto. Pero, esta estratagema me salvó la vida y me permitió agrandar la distancia con mis perseguidores.

Al día siguiente, con las pocas monedas que me quedaban en la bolsa, pagué a unos pastores que engañaron a Vegecio y le hicieron creer que iba camino del Adriático en busca de un barco. Cuando descubrió el engaño ya estaba muy lejos y los pastores habían desaparecido.

—Tu padre me ha avisado de tu llegada —me dijo Temiste, en su casa, en Aquileia—. Quédate unos días y reposa. Nadie sabe que estás aquí.

—No —me negué—. Pondría en peligro tu vida y la de los tuyos. Vegecio no es imbécil y tarde o temprano pensará en los lugares en que puedo estar escondido. ¿Dónde está mi padre?

—Al norte, preparándose para embarcar hacia Britania.

Descansé cuanto pude, durmiendo profundamente. Allí me sentía seguro. Por lo menos durante unas horas.

A la mañana siguiente me despedí de Temiste, el gran amigo de mi padre, y salí camino del norte.

Atrás dejé las intrigas contra las que poco o nada podía hacer un joven inexperto como yo, desconocedor por completo de la aguda fineza del conspirador que apoya los contubernios en la experiencia acumulada después de años y años de maquinaciones, de conjuras y de maniobras.

Fue una larga huida plagada de aventuras. Atravesé Bitinia, la Tracia, la Dacia, la Panonia, Italia y la Galia. Conforme avanzaba el frío resultaba más intenso. No me detuve ni un instante. Corría como un criminal que huye de una justicia implacable que le persigue, sin tan siquiera reparar en los paisajes, en los frondosos bosques, las montañas ni las llanuras. Mi único objetivo era poner tierra de por medio.

Tras varias semanas, estallé de alegría cuando divisé el campamento de Constancio, junto al puerto de Bononia, delante de la fortaleza de Gesoriac. Era el final de mi huida en solitario, la meta codiciada y el inicio de una nueva vida. Recuerdo que, por primera vez en muchos días, me sentí acompañado, aunque no conocía a nadie.

Nada más entrar, divisé a Constancio que llegaba a caballo desde el otro extremo del campamento. Él también me vio. No se detuvo, sino que sonrió, prosiguió y descabalgó a unos pasos de mí.

A medida que se acercaba descubrí que había envejecido bastante. Sus movimientos al descabalgar, lentos y mesurados, no encajaban con la imagen rebosante de energía que mantenía viva en mi memoria, cuando saltaba de su montura casi sin esperar a que se hubiese detenido. Y cuando se quitó el casco, vi que los cabellos blancos ganaban la batalla a los negros y que los años habían labrado un montón de surcos en su rostro.

Abrió sus brazos y me estrujó con tanta energía que echó por tierra todas mis suposiciones sobre una posible pérdida de la fuerza de su brazo.

—Matad un cabrito y asadlo a fuego lento —ordenó a los que le acompañaban—. Llamad a los oficiales y que vengan a mi tienda. Hoy es un gran día.

Me sentía cansado tras el largo viaje, pero no nos retiramos a descansar hasta bien entrada la mañana. Eran tantas y tantas las cosas que teníamos que contarnos que la noche se hizo corta y las horas se convirtieron en minutos. Me relató montones de aventuras, batallas, conquistas... Lo hizo con tanto entusiasmo que me arrebataba. Luego me tocó el turno a mí y él guardó silencio. Le relaté mis pocas gestas de Alejandria, pero él las ensalzó y las celebró como si hubiesen sido grandes batallas.

—Por algo hay que empezar —dijo, cuando yo me quejé de que no podía ni compararlas con la salida de cualquiera de las expediciones de sus oficiales.

Aún no sé por qué le hice caso y escapé de Galerio. De hecho, en Nicomedia, intentaba recordar a mi madre y no podía olvidar la obligada separación, por motivos meramente políticos, en un acto que califiqué de egoísta. Y de ello hacía responsable a mi padre. Recuerdo que en los instantes de soledad buscaba en los rincones más recónditos de la memoria y sólo encontraba el polvo donde, supuestamente, tenía que guardar la imagen de mi madre, pero la tierna edad en la que nos separaron me impedía cristalizar la nebulosa para otorgarle forma real.

No obstante, aquella noche descubrí otra persona en Constancio. Él, mi padre, me amaba, a pesar de que yo todavía le miraba con recelo. Me había salvado, pero una mente joven no olvida fácilmente los resultados de un sentimiento frustrado que se mantiene vivo en un rincón, agazapado, y sale a la luz cuando alguien, quizás una circunstancia sin nombre, levanta el velo que lo mantiene oculto en el pozo de los recuerdos no recordados, pero tampoco olvidados. Y es que la separación de mi madre me dolió infinitamente, como si me hubieran arrancado un pedazo del alma.

Sin embargo, ahora era diferente. Constancio era feliz con mi presencia y me di cuenta de que representaba una meta y un ejemplo a imitar en el terreno militar.

A la mañana siguiente me acerqué a la costa y la bravura del Atlántico me sorprendió. Eolo parecía enfurecido y levantaba fronteras de agua que nos impedían el paso. Eran olas grandes como montañas que arremetían contra las rocas y estallaban en infinitas gotas. Diferente por completo del Mediterráneo, el océano no se dejaba dominar.

De pie, ante el puerto de Bononia, me extasié contemplando la fuerza de sus aguas. El viento azotaba mi cara. Respiré hondo. Al Norte, Britania y al Oeste, el infinito. ¿De dónde saca la fuerza el océano?, me pregunté.

—Todo es agua más allá de la tierra —nos había explicado Craso, en Nicomedia, un día que le preguntamos dónde terminaba el océano—. Quien hacia allí ha ido, nunca más ha regresado.

—¿Quizás allí se encuentra el infinito y la eternidad? —le había preguntado.

—No hay nada —me había contestado con voz de sentencia—. Y nada debes buscar.

Sonreí al recordar aquellas palabras. ¿De veras no hay nada...? ¡Falso! Allí, al otro lado, se encuentran Britania y mi libertad.

*** ***

Mi cuerpo solicita de mí que cambie de postura. ¡Dioses! He de moverme un poco y me resulta tan difícil... Del costado derecho me llegan punzadas que me recuerdan que los riñones están vivos, pero no saludables. A ver si consigo darme ligeramente la vuelta y adoptar una postura que me resulte más cómoda...

Ahora... Ahora se ha calmado ese dolor. Parece que tendido sobre el costado izquierdo me siento mejor.

Menos mal que el resto no se manifiesta, excepto las piernas, que se adormecen a menudo, y los pulmones, que ya no pueden con todo el trabajo que cada día les echo encima. Sin embargo, no deja de ser curioso y divertido descubrir que el silencio es la voz que me dice que cuando mejor funciona una máquina menos percibo su existencia. Mientras no sé que tengo corazón, estómago, vísceras, piernas y pies, todo es correcto, pero el día que ellos me recuerdan que están vivos... ¡Malo! Porque Ticinio tiene que poner remedio y conseguir que la memoria olvide el lastre de su presencia.

Cada vez que pienso en los días de juventud, me da risa. Durante muchos años he vivido convencido que mi cuerpo era la encarnación de Apolo. Todos lo decían. Incluso tú, Minervina. Y ese convencimiento tuyo me hacía olvidar —o mejor dicho: perder la conciencia— que en la vida todo tiene un ciclo y la caída llega, tarde o temprano, para dejar paso a las frustraciones y a la realidad, de la que no podemos huir. El ciclo de la vida es el ciclo de todo. Nacimiento, crecimiento, apogeo y, fatalmente, caída.

¡Pobre Ticinio! Todo este artefacto de músculos, de huesos y de humores me ha sido fiel

—¡Por supuesto!— y durante muchos años. Pero, ahora, cuando ya no responde a mis demandas, y se queja, y a ratos chilla, no lo puedo culpar. Es el amo, quien le ha traicionado, quien no lo ha cuidado como se merecía. La inutilidad de los remedios aplicados por Ticinio no hace más que poner en evidencia las carencias y los errores, hasta el punto que su trabajo resulta ocioso e infecundo.

A veces me digo: porque soy el emperador, que si no... ya hace muchos días que me habría dejado por inútil. Ni siquiera hago el menor de los ejercicios que me prescribe... Pero, mañana bajaré al jardín. Él se lo merece. Seguro que la hierba está húmeda y verde y que un paseo entre los perfumes de las flores rehará mis fuerzas y él se sentirá satisfecho y pagado. Todos, en esta vida, necesitamos saber que nuestro trabajo obtiene su fruto.

Sí, mañana bajaré.

Ahora que imagino cómo puede estar el jardín, me viene a la memoria el verdor de los campos de Britania, que superaba con mucho el de Bitinia. Incluso el aire frío que nos empujaba hacia la costa me recordaba las noches en el desierto, cerca de Alejandría, sólo que en Britania las temperaturas se mantenían bajas todo el tiempo, sin tregua. Su sol no era un dios poderoso, aunque los británicos también lo adorasen.

Durante algún tiempo viví convencido de que aquella gente salvaje no comprendía que el progreso trae aparejado el nacimiento de nuevos dioses, de nuevos ritos y de nuevas religiones y, en un primer momento, me reí de la ignorancia de Britania, pero, con el tiempo, he llegué a sentir el mismo respeto que Constancio hacia una gente que no se resignaba a perder el legado de sus antepasados. Mi padre no cesaba de repetirme que las culturas, sean las que sean y pertenezcan a quien pertenezcan, nunca deben perderse.

Fue una gran lección. El conquistador venía a imponer y descubría que es mucho más importante aprender que aquella religión es el crisol que contiene la esencia de la cultura de un pueblo.

Sin embargo, ésta no fue la mayor de las sorpresas, sino que hubo otras que la superaban largamente.

Plantarse ante un ejército fue un episodio y una experiencia dignas de remarcar y los ataques contra los pictos una fuente de nuevos conocimientos y de nuevas revelaciones, porque descubrí —no sin cierta incredulidad— que Constancio no era tan sólo un nombre entre los soldados y comprendí que, si quería llegar a ser alguien, tenía que ganarme el respeto de la tropa, no como el hijo de un general, sino como merecedor de una imagen propia.

Si bien parece sencillo mover hombres, y aún más cuando llegas investido de la autoridad concedida por el emperador, de pronto te das cuenta de que es muy distinto conseguir que esos mismos hombres se mueva como si fueran pensamientos de tu pensamiento, prolongación de tu brazo y piezas de la maquinaria que conduces y que se desplaza a una simple indicación de tus ojos.

Constancio había alcanzado el máximo nivel y el ejército era su maquinaria, que se movía con una sola de sus miradas. Él era césar por méritos propios y no por la gracia de ningún dios ni de ningún emperador.

Mi padre tomaba decisiones continuamente y de ellas dependían muchos hombres y muchas vidas. Y a menudo, al contrario de lo que había imaginado, dejaba a un lado su propia persona y pensaba más en términos globales que en individualidades.

En su persona se unían la amabilidad y el coraje, como si él también fuera más de uno, como yo, y el resultado siempre era sorprendente; momentos de fuerza daban paso a instantes de ternura, substituidos de inmediato por órdenes taxativas que procuraban no hacer ningún tipo de concesión al hijo, para que los ojos de la tropa no adivinasen ni una chispa de favoritismo.

En Britania ocupé puestos de peligro, y tuve ocasión para comprobar que los pictos eran hombres valientes, duros y osados, aunque también desorganizados y sin ninguna posibilidad de vencer a un ejército entrenado y disciplinado como el romano.

En aquellos días los dioses decidieron que por compañera tuviera la suerte, por metas, la popularidad y el respeto de los soldados, y por arma, la intrepidez. Y de todas ellas —estoy seguro — la suerte me permitió sobrevivir los años de insensatez que adornan la juventud. ¿Cuántos soldados, oficiales y amigos no consiguieron sobrepasar los veinte años? Teseo, Rómulo, Cipriano, Apuleyo,... La ambición y el deseo de emular la imagen de quien teníamos por encima de nosotros nos empujaban a cometer errores que fueron fatales para todos ellos, pero que la fortuna convirtió en gestas para mí. ¿En cuántas ocasiones no estuve a un paso de la muerte en acciones infladas por la necesidad de obtener méritos y demostrar que las palabras representan algo más que simples sonidos? ¿En cuántas?

Es la suerte que hace emperadores, y no los dioses. Sin duda.

Los recuerdos de momentos de incerteza y de peligro son incluso demasiados. Las batallas en las pequeñas colinas de Escocia se podían seguir por los cadáveres que dejábamos atrás. Nadie podía esconderse de nuestros hombres en aquellos parajes, desnudos de árboles y peinados por el viento del océano que penetraba tierra adentro y no permitía que la hierba o los matorrales se convirtiesen en orgulloso árbol. Eran tierras llanas, donde los caballos podían galopar en línea recta sin que nada los detuviera, y las carreras y la cacería llenaban nuestro tiempo de ocio, porque poco más podíamos hacer.

Alguna vez me había bañado en el agua helada de aquellas costas para fortalecer el cuerpo y conseguir que la sangre adormecida se despertase y transportase el calor hasta al punto más alejado del corazón. No disfrutaba de los baños calientes de Alejandría y tenía que conformarme con tímidos chapuzones al aire libre, cuando el tiempo lo permitía, o con el sucedáneo de un barreño de agua calentada con el fuego del campamento, cuando el frío no me dejaba otra opción. Pero, todo eso contribuía a fortalecer el cuerpo y el espíritu.

Por lo que se refiere al placer de dormir acompañado teníamos que reducirlo y compartirlo o bien esperar los momentos en que topábamos con algún poblado, perdido en mitad de un pequeño valle, y disputarnos las pocas doncellas que se quedaban extasiadas por el resplandor de nuestros uniformes, o bien aprovechar el final de una batalla de la que podíamos sacar algo más que los pobres tesoros de aquella gente inculta y vestida con pieles. Las mujeres, igual que los hombres, eran salvajes, detalle que todavía excitaba más nuestros instintos guerreros. Someterlas se convertía en una batalla más, que los soldados se tomaban con un entusiasmo superior al de las armas.

Fueron tiempos de aprendizaje que tenían por Norte y guía la figura paterna, omnipresente en casi todas las batallas, a pesar de que ya comenzaba a ser mayor y, a ratos, prefería contemplar el desarrollo de la acción y no participar. Era durante sus contemplaciones, excusa que le permitía librar a su cuerpo de un esfuerzo más allá de sus posibilidades, cuando más empeño ponía yo, como si deseara que sus ojos recalasen en mi persona y el orgullo de progenitor se encendiese al ver en su hijo la continuación del coraje que durante tantos años había sido patrimonio personal, pero que el peso de la edad ya no le permitía mostrar con la generosidad de tiempos pasados.

Ahora, con el fruto de la experiencia, me doy cuenta de que los resultados podían haber sido idénticos con sólo aplicar la inteligencia, sin el concurso de la osadía y de la irreflexión que levanta entre la tropa y los oficiales el respeto por la valentía y, al propio tiempo, la envidia y el miedo en el emperador. No en mi padre, césar en aquellos días, sino en quien, desde muy lejos, escuchaba las narraciones de mis gestas y calibraba con sumo cuidado la dimensión y la repercusión del posible nacimiento de una leyenda para saber cuando tendría que detener el vuelo de los nuevos halcones, cortándoles las alas e impidiéndoles que pudiesen llegar a ser águilas.

Sé, porque noticias tenía de ellos, que Galerio no perdía detalle de mis movimientos y Maximiano recibía las noticias de mi padre y las archivaba en su cerebro, aquella cabezota que maquinaba constantemente y tomaba buena nota de las evoluciones de todos los que le rodeaban en busca de un peligro potencial. En aquellos días lo califiqué de grave defecto, de intento de esconder la medianía de su persona, pero con el tiempo yo también he aprendido a hacer lo mismo con las noticias que me llegan de la frontera y he descubierto que es allí donde se forman los grandes generales, y no en los desfiles que tanto gustan a la multitud y que sirven para que unos se sientan seguros y protegidos y otros halagados y orgullosos.

Diocleciano, con el retiro entre sus proyectos, se limitaba a aprobar las acciones militares. Es lo que suele suceder cuando descubres que has empezado a caminar hacia el ocaso.

Mayor preocupación tenía que sentir por otros temas y de sobradas ocasiones dispuse para constatar la verdad de la aseveración que los primeros pasos suelen ser los más difíciles y que la novedad requiere de un esfuerzo adicional.

No es lo mismo —ni nunca lo ha sido— la explicación del instructor que la suma del grito de dolor que desgarra el alma y del olor de la sangre que revuelve las tripas. En aquellas tierras, el aire preñado de pestilencia de carne podrida, matojos y árboles calcinados y la contemplación de los campos quemados que han perdido todo su verdor para convertirlo en negrura, en alguna ocasión, me hacían desear salir corriendo y regresar a la edad en la que la espada era la rama de un árbol, los gritos expresión de alegría y la lucha podía repetirse una y mil veces, porque teníamos la libertad de interrumpir la batalla y retomarla cuando ya habíamos discutido cuanto no convenía a nuestra vanidad infantil, trastocando papeles y otorgándonos gestas imaginarias que a nadie ofendían y a todos nos halagaban.

Fueron tiempos de locura. La acción presidía todos nuestros actos, como si el tiempo se agotara y la mañana siguiente fuera el último día de nuestra existencia, cosa que podía ser muy cierta porque el peligro nos acechaba y nos atraía como la más encantadora de las doncellas a punto de ofrecernos una virginidad inmaculada y deseada por los miles de ojos que la han visto antes que nosotros.

Regresamos al continente tras unos meses de campaña en la parte alta de una Britania que ya permanecía en paz —en la paz de sus muertos— y aún no había transcurrido una semana que mi padre nos informó que debíamos dirigirnos a la frontera del Rin. Una rebelión había estallado en aquel país y la seguridad de las fronteras del Imperio peligraba.

Habíamos instalado el campamento cerca de la costa y la oscuridad de un cielo cargado de nubes escondía el canal que nos separaba de la Galia, tan sólo presente por el sonido de las olas que chocan contra las rocas. El invierno era crudo y nos azotaba un viento del Norte, helado. Los campos dormían y la noche se cerraba con devoción para acoger la tempestad que se desataría poco después. Una tempestad como la que hoy se cierne, como la de esta noche que me rodea y que la siento cercana, con unas nubarrones espesos que se movían con lento caminar, mientras el viento agotaba sus fuerzas en los remolinos que levantaban las telas que cubrían las tiendas.

De pronto, un relámpago iluminó el cielo y el trueno hizo temblar todo el campamento.

Sentí una voz que me llamaba y salí al exterior para contemplar el espectáculo. Una fuerza incontrolable me arrastraba fuera de la tienda y los guardias, al ver la figura de su jefe, regresaron a sus lugares, abandonando la protección que les ofrecían los toldos.

Lentamente, noté que mis sentidos multiplicaban por centenas el poder de captar detalles.

Un segundo relámpago desgarró el cielo en dos mitades, justo delante de mí.

—Es más prudente que entremos —me dijo Prímulo que también había salido.

—Entra tú. Yo te seguiré dentro de un instante.

Él se marchó y yo permanecí allí, de pie, recibiendo en el rostro el impacto de la lluvia, del agua limpia y fría que me mojaba.

Un tercer relámpago, apenas un instante y descubrí que mi mente ya no estaba allí. Acababa de salir de mí. Todo yo había salido de mí. No sabría explicarlo de otro modo. Me hallaba lejos, muy lejos, y feliz, en los confines del universo, en el centro de toda la creación, y tuve la certeza de que sería emperador. Ante mí se abría el más allá, lo que se encuentra en la frontera del universo y que es más infinito todavía: una suma infinita de infinitos. Y la mirada que había estado puesta en ese infinito se volvió hacia mí y me mostró la eternidad a mis pies, que caminaban sobre el presente, estaban sobre lo que sucedía en aquel preciso instante, y empecé a cabalgar a lomos del tiempo, y el tiempo dejó de moverse porque yo era movimiento, y el movimiento era yo, y el tiempo ya no existía, había muerto, porque yo permanecía quieto.

Podía abarcarlo todo con la mirada, sin preguntas, sin dudas, sin distinguir lo que tenía delante de lo que se escondía detrás. No había ni antes ni después, ni arriba ni abajo, ni derecha ni izquierda. Tan sólo creación. El respirar dejó de tener sentido, porque todo mi cuerpo, todo mi ser, respiraba con el suspiro de la eternidad. Entonces entendí las palabras de Liberio cuando nos decía, allí en Nicomedia, que es más importante observar el qué que el por qué, porque cuando sabes ya no preguntas sino que contemplas. En aquel precioso instante el pensador disfrutó de la eternidad del momento hasta el extremo de creer que iba a morir.

Cuando mi alma regresó a Britania la tempestad había desaparecido y la luz del sol del amanecer hería mis pupilas. Fue con la contemplación del poder del sol, del inmenso poder de lograr que las tinieblas huyan y la claridad nos alcance, que descubrí que Mitra es el más grande de todos los dioses de Roma. Con su sola presencia todas las cosas se iluminan y las flores y las plantas le buscan, mientras que los colores mueren cuando él duerme. Sin él no seríamos nada. Mitra es el señor de los ejércitos, el triunfador sobre la muerte, el conductor de las almas y la salvación de los hombres. Él nos da su calor.

Allí decidí que sólo a él le rendiría culto y que seguiría fielmente los pasos para superar las siete pruebas y obtener el grado supremo de Páter.

Había sido un viaje a través del infinito y, sin embargo, no me sentía cansado. Supongo que el combatiente había dormido por mí y había proporcionado al cuerpo el descanso que la naturaleza solicita, mientras yo vivía la más extraordinaria de las experiencias que puede disfrutar una mente inteligente.

También fue allí, delante de las tiendas del campamento, que nació la leyenda de Constantino. Aquellos hombres que estaban de guardia, después de haber contemplado como permanecía quieto, bajo la lluvia, el viento, el relámpago y el trueno, sin mover un solo músculo, durante toda una noche, relataron el hecho a sus compañeros y por primera vez empezaron a llamarme Constantino el Grande.

¡Brrr! Este recuerdo me ha producido un escalofrío que me trae a la memoria las largas noches en Germania, bajo aquella cúpula celeste, sobrecogedor manto negro cuajado de puntos plateados, casi un cedazo a través del que podía entrever el infinito. En aquellas tierras aprendí a contemplar las nubes y a descubrir las caprichosas veleidades de la naturaleza antes de que la lluvia nos empapase. Esos curiosos conocimientos han resultado imprescindibles en el campo de batalla, porque pueden otorgarte la victoria o hundirte en la vergüenza de la derrota.

Britania, Galia y Germania representaron una escuela de primer orden, muy superior a Nicomedia, donde la teoría y la simulación pretendían mostrarnos cómo sería lo que íbamos a encontrar más adelante, y diferente por completo de Alejandría, donde dedicábamos más tiempo a la diversión que a la lucha, donde no sabíamos si la mejor conquista se llamaba Patricia o Lucrecia y si pertenecía a la fiesta en casa de Cayo o de Aurelio.

Sí, allí, en aquellas tierras salvajes y duras, es donde descubrí que los preceptores me habían entrenado en el pensamiento y habían desarrollado mis capacidades innatas, pero era la vida la que me tenía que modelar y formar con el fruto de la experiencia.

Vivimos para formarnos constantemente, para recibir nuevas enseñanzas, sin límite y sin pausa. Hay demasiadas diferencias entre el cerebro humano y la mente universal como para que un pobre y triste representante de nuestro género imagine que su limitada fantasía puede llegar ni siquiera a acariciar los pies de la magnífica diversidad prodigada por la realidad que nos rodea. Puedo afirmarlo, porque, por más que he leído, ni en el más grande de los poetas ni en el historiador más reputado ni en el filósofo más profundo he podido admirar una descripción capaz de captar todos los detalles y, menos aún, de añadir una simple sutileza ciertamente original.

Llegamos a Germania a comienzos del invierno, de un invierno iniciado en Britania y que resultaría especialmente crudo y difícil. Mucho más de lo que podíamos suponer. La nieve cubría los caminos y los borraba, recordándome la arena de los desiertos de Alejandría. Sólo que en Germania el frío nos abrazaba todo el tiempo y el sol permanecía prisionero de unas espesas nubes grises que descargaban copos blancos e inmaculados que aquella gente veneraba como los judíos el maná.

Los francos dicen que el manto blanco deja reposar las tierras e impide que su fuerza se escape y que después del sueño se levanta de nuevo la primavera. Hermosas palabras, llenas de poesía, que no pueden disimular la ferocidad de las tribus germánicas, muy superior a la de las británicas y tan salvaje como los paisajes nórdicos que nos rodeaban, y que nada tenían en común con las colinas de Escocia y menos todavía con los jardines de Nicomedia. Seres brutales que carecían de sentimientos, capaces de torturar, descuartizar y triturar un cuerpo esparciendo los pedazos como si echaran la simiente sobre los campos de cultivo, en los que iba a crecer más violencia.

Hacía frío, mucho frío, y nos calentábamos con el fuego que arrancábamos de la madera de los árboles de sus bosques y con los espíritus borrachos que nos llegaban de las viñas de la Galia.

Por fortuna, los germánicos tampoco contaban con la organización necesaria para hacer frente a un ejército disciplinado como el nuestro, y pocas derrotas tuvimos que contar. Pero conocían el terreno y nosotros éramos forasteros que en cualquier momento podíamos caer en una emboscada. A todo ello tenía que añadir que, al contrario que en Britania, aquí los bosques eran espesos y cerrados. Cualquiera podía esconderse en ellos, desaparecer y volver a aparecer cuando menos lo esperabas.

En mis salidas me acompañaba Prímulo, con quien había trabado una gran amistad en Britania. Mi padre me lo había asignado porque era despierto y con experiencia. Y era un buen oficial.

Prímulo me enseñó a motivar a un soldado y hacer que te respete y se ponga a tu lado para que ambas vidas permanezcan intactas cuando acaba la batalla. En incontables ocasiones nos habíamos sentado junto al fuego, cubiertos con la piel y con una jarra de vino caliente entre las manos, y él me traspasaba el fruto de su larga experiencia y me explicaba cómo convertir un puñado de hombres en un ejército bajo un solo mando, hasta el extremo de poder hablar de un solo cuerpo.

—Aquí es donde nace la verdadera amistad, que no mide el valor de la donación, porque la vida que hoy tú me ofreces, mañana yo la regalaré a otro —me decía en Britania.

Una tarde nos encontrábamos cerca del Rin y cruzábamos un bosque de regreso al campamento tras una misión de reconocimiento. Nevaba y hacía frío. El paisaje era una mezcla de gris y blanco sin que pudiéramos distinguir por donde andaba el camino. El silencio era absoluto y las pisadas de nuestros caballos quedaban amortiguadas por la nieve. Sólo pensábamos en una taza de caldo caliente, un buen fuego y el calor de una manta.

De pronto oímos unos silbidos y tres de mis hombres cayeron mientras el resto poníamos pie a tierra y nos escondíamos tras los caballos.

No podíamos ver a nuestros atacantes. El silencio nos rodeaba y la luz moría lentamente. Prímulo estaba a mi lado y los hombres se habían desplegado. Una nueva flecha nos alcanzó por detrás y otro soldado cayó.

—¿Cuántos crees que pueden ser?

—Pocos. Cuatro o cinco, a lo sumo —me dijo Prímulo sin dejar de escudriñar los árboles con la mirada.

—Pero ellos saben dónde estamos y nosotros no. Si dejamos que nos alcance la noche, estamos perdidos. Nos cazarán como a conejos —dije, mientras pensaba de prisa—. Que los hombres formen un círculo. Saldremos con los escudos por delante y nos abriremos.

Prímulo hizo correr la orden y a mi señal nos levantamos y avanzamos deprisa. Encontramos cuatro y mis hombres acabaron con ellos.

Cuando ya creía que todo había concluido, apareció el quinto, levantó el arco, apuntó hacia mí y disparó la flecha. Escuché el silbido y me preparé para recibir el impacto, pero no llegó. Prímulo se interpuso entre ella y yo y cayó en mis brazos.

Aún tengo muy presente —tan clara como si fuera ahora mismo— la imagen de su cuerpo atravesado por la flecha que, de no ser por él, hubiera puesto punto y final a mi vida. Con una mano agarraba la flecha asesina con el deseo de arrancarla de su pecho en neta y justa rebeldía ante una realidad inminente, y con la otra apretaba con fuerza la mía, mientras sus ojos suplicaban ayuda, conocedor, como era, que el ejecutor le rondaba y la sentencia ya había sido firmada.

Le dije... le dije... Le mentí prometiéndole que... Y murió en mis brazos. Sentí en el alma el mayor dolor, como si un dardo imaginario hubiera traspasado la parte más etérea de mi ser.

A la frustración de la impotencia tuve de sumar la pérdida de uno de los mejores oficiales que nunca he tenido bajo mis órdenes. Dos golpes en uno solo. Y lloré. El Gran Constantino lloró porque, a pesar de su grandeza, no podía hacer nada por el amigo que moría en sus brazos.

Allí me di cuenta de que la estrategia de defensa prepotente practicada por Roma, con un inmenso ejército repartido por todas las fronteras, no tenía demasiado sentido, porque siempre había un grupo de germánicos o de francos con agallas para atravesar nuestras líneas y caer sobre los pueblos cercanos antes de que pudiéramos reaccionar, saqueando y robando aquella pobre gente.

Y allí pensé, por primera vez, que esa estrategia había sido útil en otros tiempos, cuando conquistábamos y alejábamos el peligro de una invasión, pero que, si lo que buscábamos era perpetuar la paz romana y mantener unas fronteras, abandonando todo nuevo afán de conquista, tal vez convenía modificar los planteamientos. Sin duda era mucho mejor un ejército móvil que pudiera desplazarse con rapidez de un extremo a otro de la frontera, con el soporte de unas fortificaciones adentradas en el territorio bajo nuestro mando, separadas por una distancia que les permitiese mantenerse en contacto, pero que no nos obligase a desplegar las legiones a lo largo y ancho de las murallas. Y, además, el precio sería muy inferior porque con menos soldados obtendríamos idénticos resultados.

Tan convencido estaba de la novedad y de la grandeza de mi descubrimiento que no lo medité dos veces y me fui a discutirlo con Constancio.

Mi padre escuchó las primeras palabras y, ante mi sorpresa, lo descartó de inmediato. Yo intenté encontrar nuevos argumentos en defensa de todos los razonamientos que me habían conducido a pensar en la creación de una nueva visión de la defensa del Imperio, pero no me escuchó.

—Lo que la historia ha demostrado que es bueno para Roma, que nadie lo cambie —me contestó.

Me sentí menospreciado en mi inteligencia, y herido en mi orgullo. Pensaba en Prímulo y en la inutilidad de su muerte. Estaba convencido de que los mayores habían perdido la capacidad de percibir el futuro, y la rebeldía se apoderó de mi corazón.

Tras la campaña del Rin regresamos a la Galia, seguros de merecer un buen descanso, pero mi padre me llamó.

—Mañana partirás hacia Hispania.

—¿Qué se nos ha perdido, allí?

—Maximiano te reclama.

—¿Y eso es bueno o malo? —pregunté, recordando a Galerio.

—Creo que quiere tomarte la medida. Ándate con tiento porque no podré ayudarte y todo dependerá de ti. Si tienes ideas no las manifiestes. Insinúalas y deja que sean suyas. Y, por nada del mundo, le hables de tu ejército móvil. Él es de la vieja escuela.

*** ***

Maximiano era un hombre duro, con unos hombros anchos y un cuello corto. Su mirada era agresiva y penetrante. Todos le tenían por bravo y por un gran soldado, pero cruel. No permitía que nadie discutiese sus órdenes ni que le hiciese el menor comentario sobre una de sus decisiones. Enseguida me di cuenta de que no era demasiado inteligente.

Sin embargo, no tuve la menor dificultad para ganarme su respeto y su consideración teniendo en cuenta los sabios consejos de mi padre. Obedecía sus órdenes sin rechistar y de inmediato. Nunca hice el menor comentario sobre nada y cuando me preguntaba siempre tenía una respuesta positiva a punto, un halago. A él le agradaba que fuera osado y que no permaneciese quieto ni un instante.

Un día me encontraba en Lusitania luchando en una operación de castigo cuando llegaron tres centurias del Este. Las mandaba un joven oficial llamado Creste.

—¿Tú eres Constantino, el hijo de Constancio, el amigo del tribuno Marciano? —me preguntó.

—¿Vienes de Alejandría?

—Allí he estado hasta hace unos meses.

—¿Y qué nuevas me traes del noble Marciano?

—Me fui cuando ya había curado sus heridas y ya volvía a luchar, pero estuvo a un paso de la muerte cuando los persas atacaron las guarniciones con un ejército poderoso.

—¿Y Braulio? ¿Conoces a Braulio?

Se quedó en silencio, durante unos momentos, y dijo:

—Estábamos con el tribuno Marciano cuando nos atacaron y Braulio fue de los primeros...

Sus palabras me llenaron de dolor y arrancaron lágrimas de mis ojos. ¡Yo le apreciaba tanto! Las conversaciones, las largas caminatas, las luchas fingidas cuerpo a cuerpo, la cacería, los juegos, las apuestas, los amores furtivos compartidos, y tantas y tantas cosas no podían dejarme indiferente.

De pronto me sentí adulto. Atrás quedaban los años de juventud invertidos en la construcción de un carácter, en la edificación de una persona y en el trabajo de pulir y limar las aristas engendradas con la infancia que el tiempo acaba por eliminar enteramente, si la vida no se trunca en las muchas ocasiones que la guerra nos depara.

Era la segunda vez que perdía a un gran amigo.

A partir de entonces comencé a luchar con rabia, casi con brutalidad, y las gestas se multiplicaron hasta el extremo de que Maximiano me nombró tribuno de primer orden y, poco después, recibí la invitación de ir a Roma.

La suerte me acompañaba y ya tenia claro que el futuro me había reservado un lugar en la historia. ¿Quién podía negarlo, ni ponerlo en duda? Vencedor en todas las batallas, los soldados me aclamaban y me respetaban; servir a mis órdenes se había convertido en un honor que me permitía escoger entre lo mejor del ejército; honrado por Constancio y por Maximiano, me sentía importante; venerado por mis soldados, sabía que la gloria estaba a un paso y que ellos me seguirían hasta la muerte; llamado por Galerio, podía sospechar que por las calles y en las fiestas de Roma pronunciaban mi nombre.

El camino hacia Roma me sirvió para que el pensador pudiese encontrar la paz de la reflexión y de la contemplación, largamente olvidada durante las campañas. Lejanos permanecían Platón y Aristóteles; de una densa nebulosa parecían emerger Senófanes, Heráclito y Pitágoras; perdidos por completo Hesíodo, Anaxímenes y Tales; y mientras el buen Sócrates se paseaba por mi interior, como si fuera el espectro de un cadáver, Zenón escondía su rostro entre otros, cada vez más difuminados.

Pero, en el momento que coroné los Alpes, el azul del cielo me otorgó un instante de eternidad y, poco a poco, la claridad del sol me inundó de nuevo y me trajo un pensamiento que no había pedido. Cuando menos, conscientemente.

Habíamos hecho un alto en el camino para descansar y me senté en una roca para contemplar los valles del fondo. El paisaje era tan hermoso que respiré al aire de las alturas para acaparar tanta belleza y en mitad de la contemplación, Mitra volvió a responder a mi imprecación, aquella que había hecho en Nicomedia la mañana que siguió a la noche que permanecí despierto después de la conversación con Liberio y Braulio sobre la eternidad.

En un estallido de luz vi que era aquí y ahora, donde tenía que buscar; aquí y ahora, y no allí ni mañana, ni en los lugares olvidados del pasado. Sentado sobre aquella roca, mirando hacia el valle, mientras los caballos descansaban, fui consciente que el secreto de la eternidad se encuentra en el presente y en nuestro interior; nunca fuera, nunca en el futuro, nunca lejos; siempre dentro, siempre ahora, siempre aquí; siempre, siempre, siempre y por siempre jamás. En estas palabras se halla la respuesta. ¡Seguro! Porque por siempre jamás es lo eterno, y siempre es un ahora que se une a otro ahora por hacer más y más; por siempre jamás.

Fueron instantes convertidos en horas, retazos robados a la eternidad, durante los que podía haber muerto y no me habría importado.

Y lo vi claro. ¡Allí! Lo vi tan claro como la luz del sol que brillaba sobre aquellas montañas en un día diáfano: si quería ganar el Imperio entero tenía que vivir el presente perpetuo. Entonces sería invencible.

3 - LA VIEJA ROMA

Llegué a las puertas de Roma con los humos del joven vencedor, del oficial que ya ha demostrado su valor y vive convencido que con eso basta. Como si la gloria pasada pudiera otorgarme la del futuro.

Maximiano y Galerio me esperaban y la multitud me aclamó. Las flores caían sobre mí, resbalaban hasta el suelo y eran pisadas por el caballo que me llevaba hasta la cuadriga que habían dispuesto para conducirme al pie de la escalinata, mientras unas voces encendidas penetraban mis oídos y ensalzaban mi orgullo. Honor al vencedor, pregonaba el pueblo en un clamor ensordecedor de gritos y vítores. Miles y miles de ojos permanecían pendientes de mi persona, embrujados por los reflejos que la luz del sol arrancaba al metal de mi armadura.

¿Qué más podía desear? Roma me abría su corazón de par en par y me ofrecía su hospitalidad, la más grande que ninguna ciudad haya tenido jamás. Éste es un patrimonio que nadie puede negar a la que se asienta sobre siete colinas y las domina, que capitanea la mayor parte de las virtudes y de los vicios del Imperio, quizás porque cuanto más grande es la cara de la moneda, tanto mayor es su cruz.

Allí, sintiéndome el centro de atención de la multitud, me creí un dios: la encarnación de mi querido Apolo.

Descabalgué lentamente, saboreando cada momento, cada paso que daba en dirección a la cuadriga y subí en ella para que me transportase por toda la vía Flaminia hasta desembocar en el Capitolio. Fue un paseo triunfal que ha quedado impreso en mi memoria como el primero de todos. Luego vendrían otros, pero el primero tiene un especial significado.

Al llegar a la escalinata del Capitolio, la cuadriga se detuvo, pero no los vítores ni las aclamaciones. ¿Cuánta gente había, al pie de la escalinata?, me pregunto ahora. No lo sé, pero sus voces llenaban toda Roma, y todo mi corazón a rebosar.

Subí cada escalón pisando fuerte, sintiéndome el ser más importante de este mundo, y entré en la gran sala, donde se me coronó con el laurel que sólo se concede a los grandes vencedores.

Aquella tarde lo celebré con mis hombres. Comimos hasta hartarnos y bebimos hasta que Baco nos concedió todos sus sueños.

A la mañana siguiente, Galerio me ordenó presentarme ante él. Quería escuchar de mis labios el relato de las acciones que habían conseguido pacificar Britania e Hispania.

Galerio era peligroso. Bajo aquella fingida capa de cortesía se escondía un hombre que medía todas y cada una de las palabras y buscaba respuestas a preguntas no formuladas. Yo tenía muy claro que no podía olvidar que, a pesar de que había engordado y había perdido la arrogancia del soldado sobre el caballo, Diocleciano miraba por sus ojos, hasta el punto que una palabra favorable de Galerio era el salvoconducto hacia la gloria, mientras que un comentario malévolo podía transformarse en una sentencia de muerte. Había escapado de su ira en una ocasión y más valía no tentar la suerte por segunda vez. Así que preferí otorgar toda la gloria a Constancio y a Maximiano. Y la decisión se reveló acertada, porque mi fingida humildad complació a quien sería el sucesor de Diocleciano y, a partir de aquel instante, disfruté de total libertad. Incluso de su estima, me atrevería a añadir.

A lo largo de los días siguientes las felicitaciones se prodigaron y las invitaciones se multiplicaron. Los comentarios de admiración saltaban de boca en boca y las mujeres bajaban la voz a mi paso y me lanzaban miradas furtivas, preñadas de pasión y de promesas que podían ser realidad con una sola palabra mía. Entonces recordé a Drusila y a Adriana, porque más de una de aquellas matronas romanas la cumplió con creces, su promesa. ¡Ya lo creo, que sí! Sobretodo una de ellas.

Se llamaba Gala y la conocí tres días después de mi entrada triunfal. Fue en casa del senador Merculiano, un buen amigo de mi padre, donde yo vivía. Ella estaba sentada a la izquierda de la sala. Yo junto al anfitrión, presidiendo la fiesta. Había acróbatas, bailarinas y luchadores y las voces y el griterío de los invitados ahogaban por completo la música. Las mesas estaban tan llenas de viandas que con sólo contemplarlas ya me sentía harto. Todos reían, excepto ella, que me miraba y, cuando yo me daba cuenta, bajaba los ojos y adoptaba una postura humilde y tímida que aún acrecentaba más su belleza y la hacía más deseable a mis ojos.

—Es peligrosamente atractiva —me dijo Merculiano sonriendo. Había captado nuestro diálogo de miradas.

—¿Quién es?

—La esposa de Rufo. Un viejo avaricioso que únicamente piensa en el dinero y que abandona esa joya en mitad de Roma.

—¿No está su marido?

—Allí le tienes —señaló al otro extremo de la sala, donde tres hombres parecían discutir—. Seguro que persigue la compra de algunas tierras y debe estar cerrando el trato.

Detrás de nosotros, de pie, había un esclavo que, aunque era delgado, pequeño y con cara de asustado, parecía diligente y eficaz. Le llamé y le dije:

—¿Ves aquella mujer, la del pelo rubio y los pechos grandes? —dije y él asintió en silencio—. Quiero saber si me recibirá en su casa.

Ya se iba cuando le agarré de la ropa le detuve y añadí:

—La pregunta sólo es para ella. ¿Comprendes?

—Ya te había entendido —me contestó con una sonrisa de complicidad y desapareció.

Estuve pendiente y no vi que en ningún momento se acercase al objeto de mi deseo, pero cuando acabó la fiesta vino a mi encuentro y me dijo:

—Te espera mañana, al anochecer. Su marido sale de viaje hacia el norte.

—¿Dónde vive?

—Le pediré permiso al amo y mañana te acompañaré.

—No es necesario. Puedo ir solo.

—Yo siempre acompaño al amo. Alguien tiene que vigilar en situaciones tan delicadas.

Sonreí. En Roma todo estaba previsto, todo tenía sus normas y sus caminos. No sabía cómo se las había apañado aquel esclavo, pero el resultado era inmejorable.

—¿Cuál es tu nombre?

—Teófilo, señor.

EL ENIGMA DE CONSTANTINO EL GRANDE

La casa de Rufo tenía dos entradas: la principal, al frente, y otra en la parte posterior, más discreta y escondida, que daba a un pequeño jardín. Teófilo me condujo hasta allí y accedí directamente a la habitación de Gala, que también daba al jardín, mientras él se quedaba fuera con tres esclavas que protegían a su ama.

Gala me ofreció fruta y vino y se quedó plantada ante mí con los ojos bajos e idéntica actitud que en la fiesta. Bebí un sorbo de vino y ella tomó un grano de uva y se lo paseó por los labios, sin decir palabra. Se lo introducía en la boca y lo sacaba de nuevo, parecía morderlo y sólo le desgarraba la piel. Bebí un segundo trago. La veía tan delicada, tan tímida y tan encantadora que no sabía qué hacer. De pronto sentí que la sangre me hervía. Ella no dejaba de jugar con el grano de uva, que se le escapó de las manos y se le cayó entre sus pechos. Temblaba como si fuera la primera vez que estaba con un hombre y eso me excitó hasta extremos impensables. Entonces me pareció que estaba indecisa con el grano de uva entre sus carnes y a mí se me iban los ojos y sólo veía que eran grandes y se movían arriba y abajo con rapidez.

Levantó lentamente las manos, se agarró las dos masas de carne, por debajo, las apretó con fuerza la una contra la otra, dejó escapar un grito corto y apagado y vi que el grano estallaba y le mojaba todo el cuello, hasta la barbilla.

Ya no pude más. Un calor me subía por el vientre y sentía las mejillas encendidas. Le rasgué el vestido y la penetré allí mismo, sin más preámbulo, mientras ella me mordía el cuello, los hombros y el pecho, me abrazaba con sus piernas y me tomaba por las nalgas.

¡Y yo que creía que era tímida!

Dos horas después ya la había poseído tres veces. Tenía una habilidad increíble para excitarme cuando yo estaba convencido de que ya no podía más. Pero ella me dejaba reposar y me ofrecía vino y acto seguido retomaba su ataque con armas que ninguna otra mujer había empleado conmigo.

Con cada nuevo trago de vino sentía que el mareo iba en aumento y que la sangre me hervía. Deseaba echar a correr, escapar de allí, pero no podía y ella no paraba de exprimirme hasta la última gota.

—Señor, alguien se acerca —escuché la voz de Teófilo, que hablaba desde la ventana.

Me levanté deprisa. La cabeza me daba vueltas, los muebles de la habitación bailaban a mi alrededor y las columnas aparecían torcidas. Este vino..., pensé.

—No te vayas —me dijo Gala con voz tierna e insinuante—. Estás mejor conmigo.

Abrió de nuevo las piernas, mientras se acariciaba el vientre y el interior de los muslos, se movía como una gata perezosa y se lamía el labio con la punta de la lengua. Estuve a punto de volver con ella, pero un sexto sentido me gritaba que aquello podía ser el fin de mis días.

—Si no es tu marido, regresaré —le dije y alcancé el jardín cuando aún no me había vestido.

Teófilo me agarró de la mano y me sacó de aquella casa. La cabeza seguía dándome vueltas y únicamente podía escuchar las risas de las esclavas que se despedían de él.

Una vez fuera, acabé de vestirme y el aire fresco me hizo sentir mejor. Entonces eché a andar hacia la casa de Merculiano y me di cuenta de que Teófilo se retrasaba.

—¿Qué te sucede? —le pregunté.

—Tú sólo has tenido que contentar a una, pero yo...

—¿Las tres? —grité, incrédulo. Era tan poca cosa...

—Me han dado a beber un vaso de vino y, a pesar de que a mí las mujeres...

—El vino —murmuré, mientras afirmaba con la cabeza—. El vino —repetí. Ahora lo entendía todo: el sofoco, el mareo, la excitación... —. ¿Y cómo te las has apañado para escapar de ellas?

—Cuando he acabado con la tercera, he vomitado.

—Eres un cabronazo —estallé en carcajadas —. Ven, que un buen vaso de vino rehará tus fuerzas —y lo tomé por los hombros para ayudarle a andar.

—Tienes suerte de que las damas son más delicadas que las esclavas.

—¿Delicadas? —me detuve en seco—. Te contaré un secreto. Esa mujer supera todas las historias que se cuentan sobre Mesalina y es la primera vez que Constantino huye del campo de batalla. Pero si lo explicas, te cortaré la lengua.

Tres días después hablé con Merculiano y le propuse comprarle el esclavo Teófilo.

—Es tuyo. Te lo regalo. Ya no necesito de sus servicios —me guiñó el ojo, y añadió—: Ya no poseo tanta energía como para contentar a tantas matronas.

Teófilo conocía a todo el mundo: quién era, quién no era, qué hacía, a quién conocía, qué pensaba, con quién se veía, a quién engañaba, a quién amaba, con quién hacía tratos,... Y gracias a él pude vivir otras aventuras. Más suaves y tranquilas, por supuesto.

Sin embargo, una semana de estancia en la capital me mostró claramente que aquella vida no iba conmigo. Pero tuve que aceptarla, como tantas otras cosas he tenido que admitir y soportar a lo largo de mi existencia. Era consciente de que los soldados ganan las guerras, pero quien mueve los hilos del poder son otros bien distintos: los hombres que nunca toman las armas, sino que mueven la palabra a favor de quien favor les ha de prodigar y en contra de quien sombra les ha de proyectar. Son malditos hipócritas capaces de maquinar la mejor forma de conseguir que el incauto caiga en las redes de la fácil adulación y prepararle la cama que le servirá de reposo y de tumba, colmándolo de ofertas de placeres que se amontonan, mientras ponen a su disposición esclavas y esclavos, señoras y señores, los más delicados manjares, los vinos más selectos, los gustos más exquisitos, telas suaves y elegantes y todos los prodigios que Venus, Afrodita, Baco y todos los dioses de los sentidos poden obrar en un mortal.

Roma era así. Cualquier deseo podía encontrar complacencia y todos alardeaban de sus conquistas amorosas, mientras que los lechos eran compartidos por esposas, maridos y amantes. Unos ignorantes y otros orgullosos y soberbios, sin darse cuenta de que los papeles cambian y el orgullo de un momento puede convertirse en la vergüenza perpetua del mañana, cuando todos descubren que quien cuernos otorga puede que sea tan cornudo como el que más.

No obstante, no todo era malo y no puedo olvidar que Roma me permitió la práctica de la equitación con los caballos más hermosos del Imperio y me concedió el placer de los baños más suntuosos y de las conversaciones más refinadas.

Todo era novedad para mí, porque los hábitos adquiridos en campaña nada tenían que ver con aquella vida ociosa y cómoda que buscaba la victoria en el descubrimiento de un placer que pudiera superar a los demás o en la batalla librada en la cama de la dama más deseada y más inaccesible del Imperio o bien en la obtención de un grado de poder superior. Búsqueda de nuevas sensaciones que conducía, indefectiblemente, hacia el vicio que genera el vacío: la gran serpiente que habita las profundidades marinas y que lo devora todo, sin detenerse.

¡En fin! Roma es Roma, y no creo que nadie pueda conseguir hacer una descripción exacta de la más grande de las capitales que el mundo ha conocido a lo largo de toda la historia de la humanidad, albergue de todas las grandezas y de todas las miserias de una civilización que ha ido depositando en sus murallas lo mejor, juntamente con las escorias y la suciedad, como si ella fuese la compilación y el museo de todas las virtudes y defectos que las diversas etnias han añadido al primitivo espíritu romano, al impulso que nos había sacado de la miseria y nos había alzado hasta la cúspide del poder.

Y, por si aún fuera poco, a todos los peligros, propios de una capital que permanece adormecida en el sueño de la grandeza, tuve que sumar la vida política de Roma, verdaderamente enrevesada y compleja para un joven inexperto que procuraba aplicarse en el ejercicio de la prudencia, de la que no había disfrutado demasiado en los primeros tiempos de estancia en los campos de batalla. Con una mezcla de sorpresa, desprecio y temor descubrí que la complejidad de aquel entresijo de relaciones era infinitamente mayor en Roma que en la Galia, en Britania, en Hispania o en Germania. Muchas veces —demasiadas veces— he podido constatar que las palabras mejor escogidas no siempre son producto del deseo de manifestarse con mayor precisión, sino que esconden las intenciones más rebuscadas. Roma, en ese aspecto y en otros muchos, no tenía rival.

Poco a poco, con prudencia, aprendí a vivir en medio de aquel desbarajuste, aunque no resultó nada fácil. Sentía añoranza de los combate con enemigos que venían hacia mí con la espada desnuda para hacer frente a mi brazo con la fuerza del suyo. Cuando menos, allí las reglas eran claras. El enemigo estaba al otro lado del bosque y yo tenía junto a mí a uno de los nuestros. Las dudas casi ni existían: matar o morir, blanco o negro, sol o luna, noche o día, amigo o enemigo. Pero difícilmente había tonos grises, nubes, sombras o medias verdades. Todo al revés de la sociedad romana, que me adormilaba.

Tiene razón Sóprates cuando dice que el verdadero amigo se comporta como un enemigo porque procura que nunca te duermas. Roma, la Roma eterna, podía conducirme con extrema facilidad a la eternidad del sueño y mudar su acogedora hospitalidad en trampa mortal. Y todo ello con la más dulce de las sonrisas adornada con las más tiernas palabras.

No fue ninguna experiencia positiva, a pesar de que representó un importante enriquecimiento en el terreno de la política y de las relaciones. Y a la primera ocasión que tuve abandoné la capital del Imperio. Mi padre me había escrito para comunicarme que tenía en puertas una nueva campaña, y de buen grado me marché con él. Necesitaba un recordatorio de todo lo que me mantiene vivo.

Albert Salvadó

4 - UNA NUEVA DIMENSIÓN

Tras un largo otoño en Bretaña mi padre me mandó llamar. Él estaba en Arles. Dejé a Marco Tibio al mando y me dispuse a partir.

Fue un viaje desagradable. Caía una ligera y persistente llovizna que nos persiguió durante más de tres jornadas, noche y día, a todas horas, y avanzábamos con la vestimenta pegada a la piel, mientras nos azotaba el viento del norte, frío.

Entramos en Arles casi anochecido, mis hombres y yo, en silencio. Llegaba con el ánimo decaído, cansado y agobiado. Al llegar frente a palacio, escuché música. Pregunté a uno de los guardias qué era aquello y me respondió que mi padre había recibido noticia de mi llegada y me esperaba con una fiesta.

Sonreí. En mi cabeza sólo había un pensamiento: saludar a Teodora y a mi padre, presentarles mis respetos y huir lo antes posible hacia la cama.

Nada más entrar en el gran comedor de palacio vi que los invitados ya estaban a la mesa y las viandas humeaban. Teodora se había levantado y caminaba hacia el otro extremo de la sala. Se percató de mi presencia, se volvió en dirección a mí, vino a mi encuentro y me abrazó.

A pesar de que no sentíamos demasiada simpatía el uno por el otro, sabíamos disimular muy bien. Ella era quien había accedido ante la petición de Diocleciano y me había enviado a estudiar a Nicomedia; ella era quien convenció a mi padre que era la mejor solución; ella, en definitiva, siempre procuraba ensalzar a sus hijos, y hermanastros míos, por encima de mi persona. Y nada de todo esto había cambiado a lo largo de los años.

Me saludó, intercambiamos unas cuantas frases, me deseó una feliz estancia, le dediqué una sonrisa y ella se apartó para dejarme continuar mi camino, pero con tan mala fortuna que tropezó con una muchacha que estaba sentada allí mismo, y ambas cayeron al suelo. Se creó una pequeña conmoción y se hizo el silencio. Constancio, que había permanecido en su puesto, aguardándome, se levantó deprisa y se acercó corriendo. Afortunadamente, la muchacha se levantó de inmediato y ayudó a Teodora. Cuando Constancio llegó, parecía que nadie se había hecho daño.

—Una entrada triunfal, pero más vale que reserves tu fuerza para el enemigo y no para la esposa del césar —me dijo con una risotada, y todos los presentes la corearon.

Entonces me abrazó.

—Sentémonos nosotros también. Estaremos más seguros —dijo Teodora, se colgó de mi brazo y me invitó a acompañarles.

Hasta aquel instante, con todo el jaleo, no me había fijado en la muchacha que ya volvía a ocupar su lugar, y me di cuenta de que se fregaba el muslo. Me detuve, me acerqué y le pregunté:

—¿Te has hecho daño?

—No es nada. Un golpe sin mayor importancia.

—Levántate y anda —le ordené con idéntico tono que empleo con los soldados.

Dudó, pero yo me solté de Teodora, la tomé por la mano y la obligué a levantarse. Entonces es cuando descubrí que bajo aquel rostro de vestal se escondía un cuerpo magnífico que caminaba con dificultad. No lo pensé dos veces, me agaché, tomé el borde de su túnica y descubrí la larga pierna. Ella se asustó, miró a su alrededor y las mejillas se le encendieron. Estaba tan hermosa, allí, de pie, sofocada, siendo el centro de atención de todos...

Tres dedos por debajo de la rodilla aparecía una considerable rojez. Casi del tamaño de un huevo.

—No me gusta nada el aspecto de ese golpe —dije.

La tomé en brazos, me disculpé ante Teodora y, sin que nadie pudiese replicar, abandoné la fiesta en búsqueda del físico, mientras las carcajadas sonaban detrás de mí.

—¿Aún no has tenido bastante ejercicio? —escuché gritar a mi padre.

La muchacha inició una tímida protesta, pero calló. Se la veía violenta y respiraba agitadamente, pero a mí poco me importaba. Su cuerpo era ligero en mis brazos y sus carnes, tiernas, se hundían y se amoldaban a la forma de mis manos. Me había rodeado el cuello con sus brazos y mantenía la cabeza erguida, pero vuelta hacia un lado, distante y mayestática, con un rictus de disgusto en los labios que aún acentuaba más la belleza de su rostro, justo competidor de la perfección.

Polibio, el médico griego a quien Constancio había confiado la salud de toda la familia, examinó el golpe con sumo cuidado. Movía los dedos con agilidad por encima de la rojez que ya había comenzado a oscurecerse, mientras ella dejaba escapar de vez en cuando un pequeño gemido, al tiempo que retiraba la pierna. Finalmente, Polibio confeccionó una cataplasma y la aplicó sobre la herida que había adquirido tonalidades azuladas. Ella le dio las gracias e intentó ponerse en pie, pero Polibio la detuvo.

—Más vale que no andes durante los dos próximos días —dijo y, tras un corto silencio, añadió—: Ha sido un acierto venir, porque estas heridas, estúpidas, como dice la gente ignorante, pueden tener graves consecuencias.

Por primera vez vi sus ojos. El rictus había desaparecido por completo y sus labios me dedicaron una sonrisa que bien podía iluminar la habitación de un extremo al otro.

—¿Cuál es tu nombre? —le pregunté.

—Ya deberías saberlo.

—¿Crees que podría olvidar un rostro como el tuyo, aunque sólo lo hubiera visto una vez?

—Pues, no tan sólo lo has visto, sino que lo has abofeteado en más de una ocasión y seguro que aún conservas la cicatriz de la herida que te hice con un látigo en la espalda.

¡Oh, dioses! ¡Eras tú, Minervina! Aquella niña que jugaba conmigo cuando era un mocoso y que siempre me hacía enfadar. Mi primer amor. El amor de un niño que procuraba no perder los pocos lazos que me mantenían unido al lugar donde nací.

Ya no regresamos a la fiesta. ¿Para qué? Lo teníamos todo allí mismo, todo cuanto ambos podíamos desear...

A la mañana siguiente, cuando me levanté, dormías plácidamente junto a mí, y durante unos minutos te contemplé. Reposado era tu sueño, tranquila tu respiración, abandonada tu postura, hermoso tu rostro y feliz tu sonrisa. Tan sólo habíamos tardado dos horas en rehacer los lazos y aquella noche hicimos el amor. No podía creer que aquella niña con trenzas se hubiese convertido en una mujer tan hermosa. Te amé con pasión, con ternura, y con locura, y el éxtasis me adormeció en tus brazos.

De madrugada, mi amor era distinto, mi mirada rebosaba sensibilidad y dulzura y disponía de un rato para recordar todos aquellos momentos en los que había sido feliz a tu lado. Jugábamos cuando niños y tú imaginabas que un día seríamos marido y mujer. Yo me enfadaba porque consideraba que se trataba de juegos de niñas y en más de una ocasión nos habíamos peleado, pero una fuerza incontenible me conducía de nuevo a ti. Sólo teníamos diez años.

Y en aquel instante, cuando te contemplaba dormida, con la claridad de las primeras horas de la alborada, mi amor era más puro. Te había amado, te amaba y sabía que al día siguiente seguiría amándote. Recuerdo que el combatiente dejó paso al pensador, al filósofo y al poeta, y que el amor inundaba mis pensamientos y que te decía, sin palabras, tan sólo con la mirada: permite que de vez en cuando me olvide de tu cuerpo para amarte aún más, pero no permitas, ni por un segundo, que me olvide de tu alma porque te robaría esa vida que da calor a la mía. Deja que aspire tu aliento, que beba de tus labios y que te robe todas las caricias. Haz otro tanto conmigo, amor mío. Así sentiré que puedo darte todo cuanto hay en mí, y recibiré el infinito, porque aunque mi cuerpo se aleje, mi corazón y mi alma siempre estarán contigo. Guárdalos, amor, guárdalos y cuídalos porque son para ti y para toda la vida.

Yo, que nunca había escrito poesía, era capaz de dibujarla en el aire. El combatiente se excitaba con tu sola presencia y el pensador vivía instantes de plenitud.

Dos semanas después nos casábamos y mi padre era feliz.

—Hacen buena pareja —comentó Teodora. Y añadió—: Los dioses son magnánimos, porque otorgan la felicidad a quien no puede aspirar a nada más —y miró a sus hijos con orgullo.

No concedí la menor importancia a sus palabras. En aquellos momentos sólo tenia ojos para ti.

Mi vida cambió por completo. Te buscaba a todas horas. Deseaba conocer todas tus cualidades, inmensas cualidades que te adornaban: la paciencia, la bondad, la ternura, la sabiduría, la simpatía,... Y me sentía feliz, muy feliz, porque cada día descubría un nuevo detalle: quizás un gesto, tal vez una palabra, un sentimiento, una sonrisa... ¡Qué más da! Siempre había algo nuevo en ti.

La noche que volvimos a encontrarnos el mundo se detuvo y el tiempo dejó de existir. Ni el sonido de las hojas de los árboles ni el susurro del viento ni el canto de los pájaros estorbaban el silencio, aquel silencio lleno de amor. Te sentía dentro de mí de la misma manera que siento la sangre en mis venas; te llevaba dentro de mí porque construí un nido para ti, con ramas de amor que no eran sino brazos para abrazarte; y lo colgué de mi corazón con cuerdas de poesía para mecerte con cada paso.

A la mañana siguiente no quise despertarte. Te miraba y no podía molestarte porque romper aquella imagen... ¡Dioses! ¿Cómo podía, siquiera, atreverme a tocar la perfección? Sabía que vivía en tus sueños —tu sonrisa lo pregonaba— y me sentía vivir dos veces. Y tú también reposabas en el palacio de mis pensamientos. Rocé ligeramente tu mejilla con mis labios para desearte un buen día y después acaricié tu mano para recordar durante el resto de la jornada la suavidad de aquella piel, blanca y tierna.

Veinticuatro años contaba yo cuando nació Crispín, fruto de nuestro amor, y ya hacía dos que llenabas mis horas de reposo entre campaña y campaña. El regreso a casa, tras una larga permanencia en la frontera, se me antojaba eterno, deseoso de caer en tus brazos y abandonarme sobre nenúfares, mientras el aire nos traía suaves melodías.

Me sentí tan feliz, tan lleno y tan vital que me pasaba horas enteras contemplando aquel cuerpo, menudo y tierno, que era mío, nuestro, el hijo del gran Constantino. E hice planes y más planes sobre el futuro de aquella nueva vida. Yo le entrenaría, personalmente. Saldríamos de cacería y le enseñaría a manejar el arco y a conseguir que la flecha cobrase la mejor pieza. Le mostraría cómo usar una espada y le subiría al más brioso de los corceles para que su cuerpo formase uno con el caballo, hasta el extremo de confundirse y convertirse en el rey de los centauros.

Recuerdo especialmente el día que regresé de Germania y tú saliste a recibirme, pero ya no lo sostenías en brazos, sino que se acercaba a mí por su propio pie, con pasos vacilantes e inseguros. Me arrodillé delante de él y su mano buscó el puño de mi espada. Le levanté bien alto y grité:

—¡Éste es el hijo de Constantino!

Y la tropa lo aclamó mientras mi corazón se llenaba de orgullo hasta rebosar. Desenfundé la espada y le dije:

—Un día será tuya y Roma se sentirá segura.

Tú permanecías detrás nuestro y sonreías. ¿Qué más podía pedir? Tenía junto a mí mi presente y en los brazos mi futuro. Y aquella misma noche te pedí otro hijo.

Por más que viva mil años no me será posible borrar de la memoria los movimientos felinos de tu desnudez, cuando te acercabas gateando sobre la cama y las puntas de tu cabello negro acariciaban mis piernas, mientras los pezones se te endurecían nada más rozar ligeramente mi vientre.

Tus manos poseían más habilidad que la más reputada de las cortesanas de Roma en una extraña mezcla de concupiscencia y ternura, que me transportaba hasta las esferas más lejanas y celestiales, donde el placer se confundía con el misterio del sentimiento. Habría podido morir de placer cuando tu nariz recorría lentamente mi cuello, excitando mi piel y preparando el camino que recorrería tu lengua, mientras mis labios conocían cada pulgada de tu cuerpo, desde la punta de los dedos del pie hasta las orejas, cuyos lóbulos mordía con pasión. A menudo me había detenido perdiéndome entre tus intimidades, arrancando quejas de placer a un cuerpo que se arqueaba, mientras me deseaba y me pedía más y más.

En cada una de las esclavas que llenaban mis soledades, en los campos de batalla, buscaba tu imagen, pero ni una de ellas se te podía comparar. Acariciar unas caderas voluptuosas siempre me ha producido sensaciones exquisitas y puedo jurar que he gozado de pechos de todo tipo, forma y tamaño. Entre todas ellas recuerdo a Valeria, con su piel que superaba la más fina de las telas y que se transformaba en pura seda cuando remontaba sus muslos en busca de sus secretos. Pero, faltaba un detalle que me impedía convertir las experiencias vividas en únicas. La deseaba, pero no la amaba. No sentía por ella la veneración que tú me inspirabas. Y esa diferencia se erigía en abismo que no podía salvar ni el mejor de los acueductos romanos, porque no existía líquido que trasvasar y toda construcción resultaba estéril e inútil.

Tú fuiste la mayor de las conquistas del Gran Constantino. La suma de todas las campañas contra los pictos, los francos, los germánicos, los británicos, los persas, los sármatas... no me han proporcionado tanta satisfacción como una noche de amor o una tarde de conversación contigo. Cuerpo delicado, manos suaves, formas dibujadas, voz de sirena, corazón generoso, cabellos de seda, ojos inmensos y negros de profundo mirar, movimientos gráciles y plenitud de amor, me comprendías mejor que yo mismo, y esa comprensión te permitía determinar con total precisión cuando te encontrabas con el hombre de acción y cuando con el filósofo, y aplicabas una táctica u otra en función de quien te recibía y de quien te visitaba. Sabías perfectamente cuando la iniciativa tenía que partir de ti o de mí, combinabas el fuego y el agua, la fuerza y la ternura en admirable equilibrio y delicada armonía.

El tiempo a tu lado, acortado por las campañas con las que Constancio me alejaba de casa, eran horas ganadas a la vida, instantes de eternidad, tiempo de amor y tiempo dentro del propio tiempo. Hablar contigo era conversar conmigo mismo, puesto que cada palabra retornaba llena de reflexión y me abría nuevas puertas.

Una noche jugábamos el uno con el otro. Acariciaba tu cuerpo con ternura, después de haber hecho el amor, y el sueño no llegaba a mis ojos.

—Es tarde —me dijiste—. Mañana tienes que partir y ahora necesitas descansar.

Pero fuiste tú, la que se durmió. Dejé reposar mi mano sobre tu pecho, buscando la redondez de aquel pedazo de carne viva. No había luz y apenas podía distinguir la silueta de tu rostro. Me sentía bien.

De pronto noté que mi mano dejaba de existir, que tu pecho se convertía en parte de mí, que me fundía con él y olvidaba la existencia de dos pieles que nos separaban. La oscuridad huyó y mis pensamientos te penetraron y los tuyos me penetraron a mí, tal como mi virilidad acababa de hacer momentos antes con tu más pura intimidad. No obstante, la penetración no era material ni mi carne tenía nada que ver con aquella extraña unión más allá de todo contacto físico.

Es difícil describir sensaciones que se escapan de todo soporte que pueda ser tocado, escuchado, olido, visto o gustado, sino sentido por una parte de mí que no habita en ningún rincón de mi cuerpo y que, sin embargo, lo abarca todo.

Entonces me di cuenta de que mi cuerpo entero, incluida la mente, ya no era yo, a pesar de que yo era aquél. Mis manos, mis pies, mis brazos, mis piernas, mi estómago, mi corazón, mis ojos, mis oídos, mi cabeza, mi pensamiento, mis sentimientos,... Ninguno de ellos era yo, y yo era todos ellos, a la vez. Pero había algo más: mi piel no podía separarme del mundo, porque el mundo formaba parte de mí. O yo de él. No lo sé con certeza. Y la unión que había comenzado contigo se extendió más allá de la cama, más allá de palacio, de las casas, de Arles, de las llanuras, de las montañas y de las aguas del mar, de la misma forma que la niebla se extiende por el valle y esconde bajo su manto todas las cosas visibles del mundo, mucho más allá de la cúpula estrellada que nos acoge. Y viví la infinitud. Y el infinito me concedió, una vez más, la visión de la eternidad. En mis manos se hallaba el poder de moverme adelante y atrás en el tiempo, de jugar con el espacio y alcanzar las fronteras del Imperio sin posar un pie en el suelo. De pronto sentí que todo el universo giraba entorno a un único punto, pequeño, diminuto y perdido, y que la vida formaba parte de una ley inmutable y eterna que a todos nos pertenece y a todos nos obliga.

Acababa de descubrir una nueva dimensión: la dimensión del amor.

Desconozco cuánto tiempo duró la experiencia, pero hubiera deseado que fuese eterna. Todas las ataduras habían desaparecido, se habían diluido en la inmensidad de aquel infinito etéreo y real y me habían proporcionado un instante de inmortalidad. No pensaba en mí y poco me importaba la conciencia de mi existir. Tan sólo sentía amor, vida y eternidad.

*** ***

Mi padre cada vez delegaba en mí más responsabilidades, detalle que no complacía a la esposa del césar, siempre pendiente de que sus hijos estuvieran cerca de Constancio.

Un día entré en la sala de audiencias. Mi padre jugaba con Crispín, su primer y único nieto. Formaban una buena pareja. Constancio se comportaba como una criatura. Me resultaba increíble verle allí, con mi hijo en las rodillas o sentado en el suelo, hablando como un niño de dos años, riéndose de cualquier tontería, haciéndole cosquillas, dejando que Crispín se subiese a sus espaldas, revolcándose con él...

—Cuando yo no esté entre vosotros, quiero que tú te ocupes de tus hermanos como si cada uno de ellos fuese él —me ordenó, mirando a mi hijo.

—Tienes mi palabra.

Volvió sus ojos hacia mí y sonrió.

—De esto, ningún comentario a Teodora —dijo. Guardó silencio unos instantes y añadió—: Ella sabe leer entre líneas. ¿Comprendes?

Asentí lentamente con la cabeza. Y, por primera vez, vi en sus ojos la mirada del padre que se siente verdaderamente orgulloso de su hijo. Cumpliría mi palabra. Podía estar seguro de ello.

*** ***

Fue durante la primavera siguiente. La nieve fundía bajo el sol y los ríos bajaban crecidos, mientras la naturaleza despertaba y los campos se llenaban de flores. Yo había salido hacia el norte con dos legiones para realizar una visita de inspección a los campamentos de Bretaña. Ya hacía tres semanas que nos movíamos por la región y una tarde, cuando llegaba al campamento que nos servía de base, un mensajero me aguardaba. Se le veía triste. Inmediatamente pensé en mi padre, que ya era muy mayor.

—¿Sucede algo?

No dijo palabra. Extendió su mano y me entregó el pergamino. Rompí el sello del césar y leí el contenido. La sangre se me heló en las venas y estuve a punto de desmayarme.

El viaje de regreso fue rápido y sin palabras. Me llevé conmigo unos pocos soldados y dejé a Marco Tibio al mando. Casi no dormía. Cabalgábamos deprisa, forzando la marcha, alargando los días y acortando las noches, olvidando que la lluvia nos empapaba y el fango nos retardaba.

Y las lágrimas brotaron. Lágrimas y más lágrimas, un verdadero torrente que inundó mi corazón y que casi me ahogó, porque había perdido la fuente de mi vida. Sólo me quedó de ti el recuerdo y un hijo.

—¡Maldito destino! ¡Me la has robado! — grité furioso, loco de rabia y de dolor.

Ante tu tumba, con Crispín junto a mí, cogido de la mano, maldije a los dioses. Yo lo hubiera dado todo por ti: ¡El Imperio entero! Con tu amor había encontrado un apunte sobre el sentido de la eternidad y con tu muerte vi languidecer toda esperanza de encontrarla y noté que la inmensa fuerza que me había acompañado se diluía hasta convertirse en nada. Aquí me detuve. Ningún pensamiento nuevo, ninguna nueva reflexión podía salir de mi interior. Sólo veía tu imagen, que ocupaba todo mi cerebro por completo.

¡Dioses! Las lágrimas ya vuelven a fluir. ¡Oh, Minervina, Minervina, Minervina! ¿Dónde estás? ¿Por qué me abandonaste?

Todo el poder del Gran Constantino, la encarnación viviente de Apolo, de un dios, y no pude hacer nada para retenerte. Los dioses no me escucharon y moriste víctima de aquella extraña enfermedad que te arrancó la vida. Cuatro años. Únicamente cuatro, y los dioses me castigaron por haber sido feliz.

Aquella noche, toda la noche, la pasé ante tu tumba y durante los dos días siguientes no abandoné mi habitación ni comí. Podía escuchar a Teófilo, tras la puerta. Él también lloraba. Y sé que no se movió de allí, tal como habría hecho un perro a los pies del amo. Finalmente, cuando salí, ni le miré. Eran tantas las lágrimas que cubrían mis ojos que no podía distinguir nada de mi entorno. No era capaz de descubrir el inmenso dolor que su rostro reflejaba. Él sentía veneración por ti y yo ni se lo agradecí.

Contemplaba a Crispín, que jugaba en el patio, y lloraba y lloraba. Poco a poco, le aparté y confié su educación a Teodora. Ella me había arrancado de mi madre y jamás se lo había perdonado, pero te amaba y amaba a Crispín. La vida es sorprendente: a mí me echó de su lado y a mi hijo lo acogió con ternura. Sin embargo, todo el mérito es tuyo, Minervina, porque tú sabías ganarte el afecto de todos.

Quizás fue la primera, y la única vez, que descubrí la sinceridad en Teodora. Siempre había sido una mujer fría y calculadora. Tú, al contrario, eras amable y cordial con todos. Incluso con los esclavos.

¡Dioses! Aún no sé cómo pude sobrevivir a tanta pérdida.

Años después Maximiano nos visitó. Venía acompañado de su hija Fausta. Se encerró con mi padre y estuvieron hablando largo rato. Cuando acabaron, mi padre me llamó.

—El emperador siente un gran afecto por ti, hijo.

—Siempre le he servido fielmente y sabe que mi espada está con él. Agradezco cualquier palabra que brote de sus labios.

—Entonces más agradecerás el presente que te trae.

Miré a Maximiano, que sonreía. Se levantó del trono, lentamente, bajó hasta mí y me abrazó.

—Sentí vivamente la muerte de Minervina como si fuera una hija mía y sé que el mayor de los dolores traspasó tu alma.

—El tiempo lo cura todo. Incluso las mayores pérdidas.

—El tiempo lo cura todo, pero no perdona nada. Diocleciano y yo hemos decidido que ya ha llegado la hora del relevo. Galerio ocupará el trono de Oriente y Constancio el de Occidente. La ceremonia de abdicación tendrá lugar en pocos días, pero antes he tomado una última decisión. Quiero que tú formes parte de mi familia. En cuanto te cases con Fausta te nombraré hijo adoptivo, tal como hice con tu padre.

Miré a mi padre y él asintió con la cabeza. Aquella decisión me situaba en línea directa de sucesión. Un regalo impensable. Un prodigio de los dioses.

—Es un honor con el que no podía ni soñar y no sé si soy digno de él —le dije.

—Deja tu dignidad a mis manos —me respondió.

Fausta era hermosa, incluso exuberante. Cuando caminaba mantenía la cabeza erguida, majestuosa y dominadora. Nos habíamos conocido en Roma, años antes, pero sólo de refilón, y confieso que no había reparado mucho en ella ni en ninguna de las partes de aquel cuerpo que respiraba vitalidad por todos sus poros. Sin embargo, allí, pude observar con todo detalle un rostro y un cuerpo que harían feliz a cualquier mortal.

La boda tuvo lugar una semana después y descubrí que Teodora y ella se miraban con recelo. Dos hermanas que aspiraban al trono, porque Fausta también era ambiciosa. Teodora lo conseguiría de inmediato, pensé, y querrá retenerlo para sus hijos, pero Fausta luchará.

Aquella noche me di cuenta de que Maximiano acababa de hacerme un presente infinitamente valioso. Fausta se me entregó por entero. Conocía perfectamente cuál era su papel y me sorprendió cuando, tras hacer el amor, dirigió la conversación con extrema habilidad hacia la política y el universo de las líneas sucesorias. Sonreí. Maximiano, en una sola persona, me había dado una esposa y una aliada. Un regalo impagable.

No obstante, no podía olvidar que esta ofrenda no recibía la aprobación de Majencio, el otro hijo del emperador de Occidente, por lo que siempre tenía que mantenerme alerta y cualquier palabra, cualquier mensaje, que tuviera como origen mi cuñado, era objeto de un minucioso estudio para poder determinar lo que podía esconderse tras las palabras.

—Majencio no te desea ningún bien —me dijo Fausta, un día—. Ándate con ojo, porque es una serpiente ambiciosa.

¡Por supuesto que Majencio no me tenía demasiada simpatía! Él soñaba con sentarse en el trono del Imperio. Y el camino hacia el poder está podrido y lleno de traiciones, hasta el extremo que a partir de cierta altura la amistad desaparece y se convierte en un lujo demasiado caro como para que quien tenga aspiraciones imperiales pueda permitirse la locura de mantenerlo.

Galerio y Constancio accedieron a la púrpura imperial y Diocleciano y Maximiano se retiraron para disfrutar de un buen merecido descanso sin que aparentemente nada cambiase. Sólo unos protagonistas silenciosos sintieron en propia carne un cambio fundamental. Mientras en Occidente los cristianos dejaban de ser perseguidos, en Oriente morían bajo la espada de su nuevo emperador. Un giro que aligeraba a unos y oprimía a otros.

Nunca he comprendido el odio visceral que Maximiano sentía por los cristianos, a los que sometió a una persecución constante que se adentraba en la más pura crueldad hasta convertirse en verdadera aberración. Yo había oído hablar de las persecuciones en Nicomedia, a pesar de que Diocleciano fue un emperador tolerante, dentro de los límites que Galerio le permitía con la nefasta influencia que ejercía sobre él. Aún conservo en mi memoria el recuerdo de alguna ejecución a la que asistí en una de las muchas salidas furtivas a las que era tan proclive allí, en la escuela. Pero su importancia era mínima en comparación con la adquirida en la capital del Imperio, bajo las órdenes de mi suegro y nuevo padre adoptivo, donde todo tenía que hacerse con grandes demostraciones: desde el acto más heroico hasta la bajeza más vil y podrida, sin olvidar las fiestas y las aclamaciones.

En la Galia, en Britania o en Germania ni se hablaba de persecuciones. Estábamos demasiado ocupados con los bárbaros y, además, mi padre mostraba un talante muy diferente de Maximiano.

Yo repudiaba la violencia gratuita, y la razón de la animadversión que sentía hacia esa persecución era doble. Por un lado, el hombre de acción, de lucha contra un enemigo armado, de enfrentamiento en el campo de batalla, y no de persecuciones hacia unas personas que adoraban un dios muy curioso nacido en Oriente, allá por las tierras de Judea, no encontraba ningún placer en los crueles y sangrientos espectáculos que tenían lugar en el Coliseo, donde las posibilidades de ganar a los leones o de escapar de aquellos colmillos afilados como puñales no existían para unos pobres desgraciados que sólo contaban como armas las oraciones a un dios invisible que parecía no tener oídos ni, menos aún, poder para liberarlos de la muerte más horrible que se pueda imaginar. Los gritos de angustia y dolor arrastraban más gritos, en este caso de admiración y de placer, y aplausos entre el público que asistía y que apostaba sobre quien escogería el león para comenzar el banquete o cuanto tiempo tardaría en devorarlo. Las apuestas se habían instituido en el deporte nacional, en la diversión por excelencia, y llegaban al extremo de jugarse el dinero a la cantidad de alaridos que dejaría escapar la víctima antes de morir.

Se me revuelve el estómago cuando pienso que las discusiones se eternizaban para determinar si un balbuceo del último instante podía considerarse grito, o no. Incluso llegaban a las manos y ofrecían el aspecto de la chusma que llena los mercados de los alrededores.

Por otro lado, mi otro yo, el pensador, el filósofo, catalogaba a los cristianos de pobres de espíritu y falta de imaginación, gentes que adoraban a un dios que no podían ver, y que representaban con un pedazo de madera. «¿Cómo pueden, con un dios tan absurdo, obtener toda la riqueza atesorada por nuestro imperio?», pensaba en aquellos días, y se me antojaba estúpido, y seguía preguntándome: «¿Por qué tenemos que perseguir a unos idiotas que no se defienden, que no luchan, que se esconden en la oscuridad de las cuevas y que no manifiestan su condición, sino que la disfrazan bajo un lenguaje lleno de signos secretos y medias palabras que les permiten comunicarse entre sí y confundir a los neófitos?»

—¿Qué daño hacen a Roma? —recuerdo que se quejaba mi padre cuando recibía la orden de castigar a los cristianos—. Si Majencio busca acción, que se acerque a la frontera y los francos le proporcionarán toda la que desee y más; si quiere oler sangre, que se adentre en los bosques de Germania y disfrutará de los asados de romano que el fuego devora; y si Maximiano busca emociones, que regrese a Lusitania.

Pero de tal palo tal astilla, y padre e hijo compartían el gusto por la sangre del inocente. Maximiano repetía, una y otra vez, con una frecuencia enfermiza, que los cristianos eran gente peligrosa, lobos con piel de cordero que comían carne humana en unos rituales de sangre, agazapados en las catacumbas, a pesar de que no se enfrentaban con los soldados cuando eran detenidos y encarcelados. Además, había otro hecho que le sacaba de sus casillas: aunque sabían que, una vez descubiertos, morirían descuartizados por los leones, su número aumentaba día tras día, y aún se atrevían a exigir la abolición de la esclavitud para sus seguidores, mientras manifestaban que su dios les concedería la eternidad y que la vida en este mundo no es más que un paso hacia otro lugar donde el tiempo deja de existir.

—Una plaga peor que la peor de todas las enfermedades —la definió Maximiano el día de mi boda con Fausta.

—Es una infección que puede corromper los fundamentos del Imperio, si no conseguimos atajarla —añadió Majencio.

¡Menuda familia la de Maximiano! Como él, naturalmente. Pobres matojos a la sombra del gran árbol y con el deseo de convertirse en roble. ¡Como si la naturaleza pudiese obrar el milagro!

Me maravilla contemplar la habilidad de Diocleciano, verdadero cerebro del Imperio, para lograr que Maximiano aceptase sus consejos y excluyese a su hijo Majencio de la línea de sucesión cuando abdicó.

Diocleciano poseía un notable poder de convicción, pero Majencio era dueño y señor de una cabeza más dura que el granito y, lejos de retirarse y de aceptar la nueva situación, se hizo nombrar augusto por la guardia pretoriana, que siempre ha jugado la carta que le ha sido más favorable. Sin embargo, Majencio, con aquel gesto de los pretorianos, hizo patente con absoluta nitidez su falta de inteligencia. «¿A quién se le puede ocurrir enfrentarse a un emperador de la talla de Galerio, e imaginar que saldrá victorioso?», pensé.

Majencio nunca había luchado en campaña y toda su experiencia se reducía a haber jugado de joven con una espada sin conocer el significado del combate, donde la vida y la muerte penden de un hilo y un movimiento en falso puede decantar la balanza hacia el lado no deseado. Y yo no creo que fuese consciente de que el campo de batalla no es el circo y que el enemigo no lucha en la arena, sino que sube a las gradas. Los soldados no son los pobres cristianos ni sus armas oraciones, sino espadas y hachas que abren las carnes y arrancan las vísceras.

5 - LA MUERTE DE TRES EMPERADORES

Ochenta y un años contaba mi padre cuando el ejecutor universal llegó con la orden de cerrar para siempre jamás los ojos de un emperador que sólo hacía unos meses que había obtenido la púrpura.

Me explicaron que su agonía había sido dulce. Los médicos velaron por su estado y el esclavo Plinio permaneció a los pies de su cama hasta el último instante, de la misma manera que desearía hacer Teófilo conmigo cuando me llegue la hora. Tan sólo les separan dos diferencias: Plinio tenía veintidós años y compartía la cama del emperador desde hacía cuatro, mientras que Teófilo nunca ha compartido la cama con el emperador y su cuerpo arrastra tantos años como el mío.

La noticia de la gravedad del momento me hizo correr a su lado, pero sólo pude derramar lágrimas. Cerró los ojos antes de que yo llegase y la última palabra se la guardó para él.

Con aquel cuerpo desaparecía todo un emperador, un gran césar, un magnífico general y un hombre como pocos ha habido, merecedor de mi amor, de todo mi respeto y del cálido homenaje de mi dolor. El mejor maestro que nunca he tenido. Entregado por entero a la misión que la historia le encomendó, no defraudó a nadie y la magnanimidad con la que siempre nos había tratado a todos sería el recuerdo que permanecería vivo en el corazón de todo el Imperio. Su coraje ya era leyenda entre los soldados y su nombre se convirtió en eterno, porque todos los defectos que había tenido murieron con él. Eran tantas las virtudes que ahogaron e hicieron desaparecer cualquier mácula que se le pudiera atribuir.

Delante de su cadáver recordé a mi madre y que él me había separado de ella, pero no había rencor en mi corazón. Entonces comprendí que, a veces, hay que tomar decisiones duras, aunque necesarias. Si él no se hubiese separado de mi madre, yo no estaría allí ni sería el hijo de un emperador ni tendría la menor posibilidad de acceder a según que cotas de poder.

Después de que sus restos encontrasen el descanso eterno, concedí la libertad a Plinio, y sé que le llegó su hora dos años más tarde. Era un pájaro enjaulado que no supo amoldarse a su nueva condición. Seguía a mi padre en campaña, cuidaba de su cuerpo y le proporcionaba placer. Sólo vivía para él. A mí me era indiferente. Joven y bien plantado, en ciertas ocasiones comerciaba con concesiones del emperador, a cambio de dinero. Yo había intentado hablar de ello con Constancio, pero él nunca quiso escuchar mis quejas.

—Son pequeñeces —me decía, y zanjaba el tema con un movimiento de la mano que también podría servir para espantar moscas.

Plinio era afectuoso con mi padre, y yo también he descubierto que Teófilo es la antesala del emperador para ciertos asuntos de menor importancia. Son, como decía mi padre, pequeños detalles. Nimiedades que no hacen daño a nadie y que no van más allá, si ambos sabemos cuál es el límite que nunca hay que traspasar.

Todavía estaba caliente el cuerpo de Constancio y mis lágrimas no se habían secado, cuando el ejército me proclamó augusto ante todo York,. Era tan grande la devoción que la figura de mi padre levantaba en la tropa que los oficiales más fieles no encontraron la menor dificultad en conseguir que la milicia en pleno pronunciase mi nombre con tanta fuerza que sus voces se escucharon en Roma. Sin embargo, decidí que era mucho más acertado y prudente no cometer el mismo error que Majencio y conformarme con el título de césar. Entre otras razones porque podía seguir al mando de las legiones, que eran, en aquellos delicados momentos, mi más firme garantía de seguir en el mundo de los vivos. Con este gesto de humildad, reflejado en la carta que envié a Galerio, alejaba la cólera del emperador de Oriente y la dirigía hacia el idiota que se creía el amo de Roma: el inútil de Majencio.

De poco le sirvió a Majencio que el senado decidiese nombrarle protector de Roma. Galerio envió un ejército al mando de Severo dispuesto a vencer y a reducir el hijo del antiguo emperador.

No obstante, Severo no era demasiado inteligente porque no se dio cuenta de que sus soldados obedecían más a Maximiano que a su propio general. Tras sufrir una estúpida derrota, producto de una táctica absurda, no le quedó más remedio que refugiarse en Ravena. Allí habría podido resistir hasta la llegada de las legiones de Iliria, pero, en lugar de esperar la ayuda que Galerio le enviaba, creyó las mentiras de Maximiano sobre un complot montado entorno a él y se rindió confiando en la promesa de que su vida le sería respetada.

Y ahí se va produjo la gran sorpresa. Majencio, sin tener en cuenta el poder de Galerio y menospreciando la palabra dada por su padre, ordenó matar a Severo. Era tan estúpido que no sabía que la decisión de romper un compromiso sólo puede tomarse cuando sabes que no habrá consecuencias, porque tu poder está muy por encima de quien la puede discutir.

—Habla con Galerio. A ti te escuchará —me pidió Maximiano, cuando se dio cuenta del error cometido por su hijo.

—Con Severo vivo, Galerio le habría escuchado, pero ahora... —intervino Fausta. Y yo se lo agradecí en silencio.

Para mí habría representado un suicidio escuchar a Maximiano. Fausta era inteligente y sabía que, con la muerte de mi padre, Teodora ya no era ningún estorbo. Sin embargo, Majencio se había interpuesto entre ella y su deseo de convertirse en emperatriz. Era la esposa de un hombre que había alcanzado el grado de hijo de un emperador, hijo adoptivo de otro y cuñado de un tercero, aunque fuese un usurpador. Y tenía muy claro que sólo faltaba que Galerio aceptase la situación. Entonces yo sería emperador por derecho propio y ella emperatriz.

—Tú te callas —gritó Maximiano—. Esto es cosa de hombres.

—Quizás sí, que deba callarse, pero tiene razón —dije—. Con su estupidez, Majencio me ha atado de pies y de manos.

Maximiano se enfureció y se marchó maldiciendo.

—Ve con cuidado —me dijo Fausta—. Mi padre siente debilidad por mi hermano.

Maximiano tomó por segunda vez la púrpura y regresó a Roma con el propósito de recuperar el poder y negociar con Galerio. Pero Majencio, henchido por la victoria ante Severo, no se lo permitió y lo expulsó de la capital.

Dos semanas más tarde Maximiano se refugió en mi casa, después de haberse visto obligado a abdicar por segunda vez en su vida.

Y, a partir de aquí, los hechos se precipitaron: la diócesis de África se levantó en armas contra el usurpador, mientras que Hispania se ponía de mi lado, después de que hubiese acogido a Maximiano.

Casi me parece imposible que la ceguera de Majencio no le permitiese prever que Hispania se pondría de parte de quien dijera Maximiano. Era tan escaso y tan limitado su conocimiento del arte de la guerra que no podía ni intuir que las contiendas no sólo se ganan en el campo de batalla, sino que las alianzas y los gestos de buena voluntad pueden ser mucho más decisivos que las armas. África e Hispania eran las provincias que procuraban a Roma el grano que alimentaba sus súbditos.

Pocos meses después Majencio descubrió la magnitud del error, pero ya era demasiado tarde, porque los graneros de Roma estaban vacíos. En un intento desesperado por recuperar parte de las reservas, inició una campaña en África que, a pesar de ganarla, aún mermó más sus fuerzas. Sonreí. Había llegado el gran momento esperado y largamente soñado por mí.

Hablé con Galerio y le convencí para que me permitiese atacar. Había estudiado con sumo detalle el plan de batalla y fui capaz de responder todas y cada una de sus dudas. De manera que me concedió su permiso y preparé un ejército.

En el preciso instante en que ya me dirigía a Roma llegó un mensajero del Norte. Los francos, aprovechando la delicada situación interna del Imperio, habían atacado de improviso, habían roto la frontera germánica y se habían adentrado más de lo que tenían por costumbre.

No tenía otra opción y me dirigí hacia el Rin con más de la mitad de mis fuerzas. Envié un mensaje a Galerio para informarle de las circunstancias y dejar la decisión de tomar Roma en sus manos.

De pronto parecía que todo se complicaba cada vez más. Desconozco quién le llevó a Maximiano la noticia de mi supuesta muerte en un ataque contra los francos, pero aquel ambicioso se lo creyó de inmediato y, sin asegurarse de la verdad de los hechos, se proclamó emperador, al tiempo que se apoderaba del tesoro de Arles con la intención de unirse a su hijo y salvarlo de la delicada situación.

Yo me encontraba cerca del Rin cuando llegó el mensajero enviado por Aurelio Mappa, el hombre de confianza que había dejado en Arles. Las noticias que me traía eran verdaderamente preocupantes y la decisión difícil. El emperador de Oriente no podía atacar Arles y Roma al mismo tiempo. Además, si yo me quedaba luchando con los germánicos, perdería toda la Galia, y si me marchaba dejaría sin protección la frontera.

Maximiano casi no había tenido tiempo de saborear la púrpura reconquistada cuando me planté delante de él. Había forzado la marcha del ejército hasta el extremo de extenuarlo, pero llegué mucho antes de lo previsto. Y nunca he podido averiguar, y tampoco se lo pregunté, si su sorpresa fue verme vivo o que hubiera sido capaz de cruzar medio imperio en una carrera que dejaba en ridículo la del soldado griego que anunció la victoria de Maratón.

Al verse perdido, huyó de Arles y se refugió en Marsella, pero mis soldados no eran como los de Severo, la lealtad hacia su césar pudo más que el dinero y, nada más llegar a las puertas de Marsella, me lo entregaron.

—Cuando vi el ejército a las puertas de Arles, creí que eran los francos disfrazados de romanos —dijo—. Sabes muy bien que yo jamás habría luchado contra un hijo mío, contra el esposo de Fausta.

Le miré y vi la mentira en sus ojos. Ordené detenerle y confiarlo en sus habitaciones.

¿Qué podía hacer? Ajusticiarlo sería tanto como perder el apoyo de Hispania.

Me pasé el resto del día reflexionando y aquella misma noche fui a visitarle y le ofrecí una copa de vino en señal de reconciliación.

—Sé que te engañaron con mi muerte —le dije.

—Volveremos a luchar juntos. Como antes —me respondió con entusiasmo, seguro de sí mismo.

—Para eso he venido. Para pedirte que olvidemos este estúpido episodio.

Tomó la copa y secundó el brindis de paz que le proponía. Pero cuando el vino llegó a su estómago se dio cuenta de que la muerte estaba próxima. Cayó sobre la mesa y sus ojos se quedaron vacíos. Entonces trasladé su cuerpo hasta la cama y dejé la copa a sus pies.

A la mañana siguiente todos lloraron su muerte y el pueblo aceptó que se había suicidado.

Fausta me miró significativamente, pero no formuló pregunta alguna y yo, por supuesto, tampoco le conté nada. Nunca lo he considerado —ni puedo considerarlo— un asesinato. Ni siquiera un acto de justicia, sino un gesto de caridad hacia un hombre que perdió la orientación y el rumbo, desbarató todos mis planes y me robó una ocasión impagable, porque Majencio no habría podido defender la frontera del Norte al mismo tiempo que luchaba en África. Un lastimoso retraso que se pagó al precio de muchas vidas. Por esa razón no puedo aceptar que su sangre ensucie mi conciencia, porque toda la sangre vertida por su culpa ha limpiado mis manos.

Galerio no atacó Roma y Majencio acabó su campaña en África y engrandeció su ejército. Ya no era tan fácil llegar hasta él.

Meses después Roma estalló en una revuelta por causa de la falta de alimento y, una vez más, los omnipresentes pretorianos pusieron remedio a la situación. Sin embargo, los miles de ciudadanos que murieron se convirtieron en la caída de la popularidad de Majencio, que ya hacía algún tiempo que había cambiado su política respecto a los cristianos y había abandonado por completo las enseñanzas de uno de los mayores perseguidores de esta religión: su padre, Maximiano.

Galerio, ante el cariz que tomaba la situación, capituló y me concedió el título de augusto. Lo hizo porque no le quedaba más remedio, no por simpatía ni por devoción hacia mi persona. Sin embargo, fuera como fuese, yo me vi convertido en emperador por derecho propio y Majencio continuó siendo el usurpador.

El día que llegó la noticia, Fausta sonrió a Teodora. Había ganado. Ya era emperatriz. Y Teodora vio como sus sueños respecto a sus hijos se desbarataban y un bastardo se sentaba en el trono imperial.

Aquel verano Fausta me dio el primer hijo e insistió para que le pusiéramos por nombre Constantino. Accedí, a pesar de que sabía que detrás de esa elección se escondía algo más que el deseo de halagarme. Teodora, a la muerte de mi padre, había seguido ocupándose de la educación de Crispín. Fausta, en diversas ocasiones, me había pedido que le permitiera hacerse cargo de mi hijo, pero yo no podía ceder sin ofender a Teodora. Su hermana, que además era cuñada y madrastra mía, fue la esposa de un emperador. Sin embargo, ahora la situación acababa de dar un giro importante. Fausta se había convertido en emperatriz, mientras que Teodora era ex-emperatriz.

—Minus es más culto y posee mayor autoridad —dijo Fausta, un día que estábamos cenando los tres.

—He decidido que Minus no será el preceptor de Crispín —contestó Teodora.

—El emperador es la máxima autoridad y es él quien ha de decidir.

—Mañana por la mañana, muy temprano, parto para Marsella —corté la inminente discusión. Fausta sabia que Minus me era agradable.

—Ordenaré a Minus que se traslade a Arles.

—He dicho que mañana salgo de viaje hacia Marsella. Cuando regrese ya hablaremos.

Tenía que preparar una expedición y esperaba poder encontrar alguna idea brillante para no tener que intervenir en disputas de mujeres. No sé como os lo manejáis, pero los hombres siempre acabamos perdiendo. Así que me marché.

Días después, una mañana, mientras los oficiales inspeccionaban las galeras que se preparaban para salir rumbo a Tarraco, un barco procedente de Italia entró en el puerto de Marsella. Tulio, como siempre, permanecía pendiente de todos los detalles y tomaba buena nota de todas las entradas y salidas, registrando cualquier pequeño incidente en aquella extraordinaria memoria que lo hacía insustituible. De pronto, abandonó su puesto y vino a verme. Le vi muy excitado y nervioso.

—¡He presenciado un prodigio! —dijo, casi con un grito—. He visto a tu madre. La de verdad.

La impresión fue tan fuerte que se me cayó la manzana de las manos y rodó hasta el agua. Seguí con la mirada la dirección que señalaba su dedo y salí tras él en una rápida carrera hacia el otro lado del muelle.

Unas veinte personas habían puesto el pie en tierra, todas ellas con un hatillo a la espalda. Tulio apuntó con la barbilla hacia un reducido grupo de mujeres y me susurró:

—La tercera por la izquierda.

—¿Estás seguro?

—Sin ninguna duda. Nunca jugaría con una cosa así.

No me atreví a abordarla y preferí enviar dos soldados con la orden de preguntarle el nombre. Helena, respondió; Helena, me transmitieron los soldados; Helena, murmuré; Helena, asintió Tulio, confirmando cuanto su memoria le había confiado.

El encuentro ha quedado gravado para siempre jamás en mi corazón, con aquel abrazo que me devolvía de nuevo el pasado y me permitía llenar el vacío que las decisiones políticas de mi padre crearon entre la infancia y la adolescencia y que el tiempo no había podido tapar. Sus ojos, llenos de lágrimas, conservaban la frescura y toda la fuerza de la juventud, a pesar de que su rostro mostraba en cada una de las arrugas que lo surcaban la dureza de los años vividos lejos de mí.

Desde que mi padre la repudió había viajado por casi todo el Imperio, y más allá. Venía de

Jerusalén e iba camino de Bretaña para predicar la palabra de Jesús, me contó. No sabía cómo retenerla y aquella misma noche se me ocurrió que Crispín conseguiría lo que mis argumentos no podían. La convencí para que me acompañase hasta Arles y le di mi palabra de permitirle proseguir su viaje a la mañana siguiente, con las cinco mujeres que le acompañaban, pero que se marcharon solas, porque ella cayó prisionera de los encantos de mi hijo. No podía ser de otra manera. Crispín no se hizo nada extraño. Al contrario, pocos minutos después de conocerla ya la abrazaba y le hacía mil y una preguntas.

—Necesita una abuela, porque madre casi no ha tenido —le imploré, y su corazón la traicionó.

Bueno, supongo que también contó el hecho de que Teodora estuviera en medio. ¡Ya lo creo!

Desde entonces le di total libertad para que formara al hijo que más he amado. Y cuando Fausta vio la jugada, guardó silencio, a pesar de que aquí nació una rivalidad entre mujeres que se prolongaría para siempre, sin comentarios, sin manifestaciones demasiado abiertas ni claras.

Teodora también calló. Comprendió de inmediato que había perdido, dejó de luchar y decidió retirarse hacia el Norte, a casa de su hija Constancia. Pero, antes de partir, abrazó a Fausta, sonrió y, simplemente, le dijo:

—Hermana, ya tienes una madre.

*** ***

¡Pobre Galerio! Su cuerpo se hinchaba a medida que las llagas y las pústulas hacían desaparecer su piel. Gordo y deforme como estaba, en las semanas que precedieron su último aliento, nadie era capaz de poner un dedo en un lugar de su cuerpo que estuviese libre del mal que le había desfigurado hasta convertirlo en una masa informe. Pero aún tuvo la sensatez de tomar una decisión acertada antes de morir. Ya hacía tiempo que había nombrado Maximino como su sucesor. Un hombre a su imagen y semejanza: duro y sanguinario. Sin embargo, en el último instante añadió a Licinio a la lista y dividió el Imperio de Oriente en dos.

Dicen que tomó esta decisión porque alguien le insinuó que sus males eran producto de la venganza del dios cristiano y quiso firmar la paz antes de abandonar este mundo. La verdad es que la explicación de sus males me importa muy poco. El resultado final es que la suerte, que siempre ha sido mi aliada, me concedía una vez más su gracia y acedía a la púrpura de la mano de tres emperadores: Constancio, Maximiano y Galerio. Los tres muertos en poco espacio de tiempo.

La muerte de Galerio fue horrible, llena de sufrimientos, fruto de los excesos con los que coronó los últimos años de su vida. Eso me hace pensar que ya hace quince días que he dejado el vino y que la comida no cubre enteramente mi mesa. Teófilo atribuye la debilidad de mi cuerpo a la carencia de alimentos, pero yo siento que he encontrado parte del equilibrio que en otros tiempos fue una constante y que ahora sólo representa un recuerdo lejano. Por desgracia me es imposible recuperar el terreno perdido y únicamente puedo gozar del poso que resta en mi memoria. Las tiernas y acogedoras carnes de las esclavas sirven para aportar un poco de calor a mi cama, pero por más que lo intento ya no puedo alcanzar la victoria.

¡Menuda ironía! La naturaleza se olvidó de apagar el fuego del deseo al mismo tiempo que se lleva las fuerzas del cuerpo.

Ahora descubro que, cuando tiro del hilo de los recuerdos, todos quieren salir a un tiempo, y se pisotean unos a otros. Y todos son importantes. Cualquier detalle forma parte de mi existir y todos ellos conforman el cuadro que he pintado a lo largo de tantos y tantos años. No puedo prescindir de ninguno sin alterar el resultado final. Procuro seguir una línea y me descubro perdido en medio de hechos que creía olvidados. Y es que la memoria posee una elasticidad que ya quisieran para sí el gato o la serpiente; se estira y adopta cualquier forma; es como el fuego que arde y baila ante mí, y nunca es igual.

Galerio acertó con Licinio. La mejor opción que podía haber escogido en aquellos momentos. Era joven, fuerte y despierto, con una voluntad firme y una inteligencia que le permitían tomar decisiones casi siempre acertadas. Me reuní con él en diversas ocasiones para discutir nuestras posibilidades. Ambos teníamos muy claro que, si queríamos seguir vivos, debíamos andar de la mano. El Imperio estaba dividido en cuatro. En Occidente, Majencio y Constantino, un equilibrio inestable que tendría que decantarse por uno o por otro; en Oriente, Maximino y Licinio, una situación muy similar que, posiblemente, también acabaría con una criba. Y ambos sabíamos que nuestros respectivos oponentes ya habían iniciado contactos y conversaciones.

El único problema era que Licinio podía aportarme sus ideas, pero no soldados. No tenía suficientes para defender su trono e iniciar una campaña. Y yo necesitaba soldados, manos y brazos para enfrentarme con un ejército más numeroso que el mío. Pero… ¿Dónde los encontraría?

6 - LA ROMA DE LOS CRISTIANOS

No recuerdo durante cuánto tiempo busqué una solución para el grave problema de la falta de soldados. Quizás días, tal vez semanas... Recuerdo que todos mis razonamientos —los comenzara como los comenzase— me conducían, indefectiblemente, al mismo punto.

¿Cuántos cristianos hay en Roma?, me pregunté. ¿Cien mil...? ¿Más...? No necesitaba ningún cálculo importante. La capital del imperio de Occidente estaba llena de cristianos. Y tampoco tenía de estrujarme demasiado el cerebro para descubrir la fuerza que podía esconderse tras un ejército de aquellas dimensiones, a pesar de que pareciese que no luchaban.

«Si ellos me ayudan, Roma será mía. Pero, ¿Cómo les convenceré?», me preguntaba.

Un mañana tuve una inspiración. «Yo dispongo del mejor embajador: mi madre», pensé. Cristiana desde muy joven, poseía una importante ascendencia entre los altos cargos de esta religión y fue un acierto de primera magnitud confiarle la educación de mi hijo primogénito. Le había concedido entera libertad en ese asunto y había aceptado su recomendación de que el cristiano Lactancio fuese el preceptor de Crispín, aunque siempre tuve sumo cuidado en dejar muy claro que el motivo de esta decisión era la elocuencia y la sabiduría de aquel maestro, pero nunca su religión, detalle que se erigió en una muestra más de mi ecuanimidad y que me había enfrentado verbalmente con Galerio en diversas ocasiones. Pero Galerio ya no existía

De manera que mi madre se convirtió en mi mejor carta de presentación frente a los cristianos.

Antes de conocer a Osio, ya llevaba tiempo preguntándome: «¿Por qué los cristianos no luchan por su libertad? ¿Por qué no toman las armas, tal como había hecho muchos años antes el esclavo Espartaco?» Y, por fin, lo descubrí. ¡Ya lo creo! La respuesta era evidente, a pesar de que las mayores verdades son tan claras que no las vemos nunca. Y eso que las tenemos frente a las narices.

Los cristianos no luchaban porque aún no eran conscientes de su poder. Mientras el Imperio se debatía en luchas internas, ellos poseían una fuerza que desconocían. Habían sobrevivido a las persecuciones, a todas las humillaciones, al exterminio y a la crueldad de emperadores locos y sanguinarios. Un montón de dementes como Calígula o Nerón o Maximiano o Galerio les habían obligado a crear un ejército en la sombra, sin darse cuenta de que sus crueldades se transformaban en la fuerza de sus enemigos.

—¿Qué une a un ejército en el campo de batalla? —recuerdo que me había preguntado un día mi padre, en aquellas conversaciones junto al fuego que él aprovechaba para legarme sus conocimientos.

—Un sentimiento común, el peligro inminente, un jefe que los dirige y una lealtad —le había respondido, repitiendo las palabras que en otras ocasiones habían brotado de sus labios.

Y yo, en las conversaciones con Osio, finalmente, me pregunté: «¿Qué une a los cristianos? ¿No había un sentimiento común —el amor—, el peligro inminente —una nueva persecución—, un jefe que los dirigía —su pontífice Silvestre— y una lealtad hacia su religión?» Pues, eran las mismas condiciones que me había enseñado mi padre y bien podía decir que formaban un ejército, pero que no lo sabían. Sin embargo, para mí representaban algo más: una garantía de victoria. Eran el gigante dormido que desconoce su fuerza y su poder y se comporta como un cordero. Pero, yo había descubierto el secreto de la fuerza imparable de su silencio y la ferocidad de su esclavitud.

¿Cuántas veces no habré contemplado la ferocidad del mar embravecido, en las costas de Britania? Y, cuando la tempestad callaba, recogía un poco de agua de la playa y me preguntaba: «¿Es esta mansedumbre la que hunde barcos, la que arrastra troncos y los lanza contra las piedras con la fuerza de miles de hombres?»

Si quería despertar a los cristianos, tenía que adoptar la forma de Eolo y aliarme con el gran Neptuno, porque eran un mar de aguas tranquilas que esperaba la llegada del viento, y ahora los convertiría en inmensas olas que arrasarían las costas.

Osio de Córdoba era todo un personaje. Sonreía constantemente y una de cada tres palabras la dirigía a su dios, al dios de los cristianos. Escuchaba más que hablaba. Me miraba a los ojos y adoptaba una postura tan humilde que me obligaba a explicarle las cosas con detalle exquisito para asegurarme de que me comprendía. Ante él tenía la sensación de que continuamente me pedía una nueva aclaración.

Comenzó hablándome de amor, de bondad, de belleza, de la promesa futura de otra vida lejos de la opresión, de las persecuciones y del sufrimiento. Palabras que me desconcertaron, porque se salían de lo habitual. Incluso, llegó un punto en que ya no sabía si pedía, no pedía, explicaba o no sé qué hacía. Y bien puedo decir que, sin entender cómo, le concedí lo que no me había pedido, pero que era, justamente, lo que él perseguía.

De él aprendí mucho. ¡Muchísimo!

—Los ciudadanos sois libres para ir y venir, podéis pensar y sentir. Nosotros, pobres cristianos, no podemos tomar decisiones y no podemos luchar.

—¿Y si fuerais libres? —pregunté.

—¿Qué es la libertad? Vosotros adoráis a vuestros dioses en público. Tú has proclamado en tus territorios el culto a Mitra y lo has escogido como único dios. Nosotros tenemos que adorar a Dios escondidos, a oscuras.

—¿Y si la religión cristiana gozase de los mismos derechos que cualquier otra religión?

—Hemos sido perseguidos y muchos de los nuestros han muerto. A veces se nos ha permitido salir a la luz, pero siempre con la amenaza de vernos obligados a regresar a la oscuridad de las catacumbas.

—¿Y si las persecuciones acabasen para siempre jamás?

—¿Y cómo podrían acabarse? Cada vez que algún emperador nos ha tolerado, hemos creído que ya podíamos respirar, pero otro emperador nos ha ahogado de nuevo.

¡Mal nacido! No respondía mis preguntas, sino que planteaba otras, a su vez. Me desesperaba.

—¿Y si todo cuanto digo, te lo diese por escrito?

Sonrió y se despidió. Al día siguiente regresó y siguió preguntando. Y yo le hice todas las promesas que él no había ni siquiera planteado. Finalmente, dijo que se iba a Roma para hablar con los suyos y que esperaría hasta recibir mis decisiones finales, por escrito. Yo pensé que había ganado. ¿Pero... era así?

«Libertad para los cristianos», había insinuado, más que pedir; «los mismos derechos que para cualquier otra religión», había añadido con timidez; «reconocimiento público», había coronado sus peticiones; «basta de persecuciones», había concluido. Todas ellas razonables, pensé. No había pedido dinero ni para él ni para los suyos; tan sólo la libertad de vivir, de creer y de pensar. Únicamente eso, sonreí en aquellos días, y ahora me doy cuenta de que lo pedía todo. ¿Qué hay por encima de la libertad? ¡Era astuto como un zorro, aquel malparido! Y me ganó por la mano. ¡Claro que me ganó! Lo hizo tan bien que, incluso, pensé que yo era el ganador, porque la decisión final era mía. ¿Qué decisión, excepto concedérselo todo?

En uso de las prerrogativas de la diplomacia dejé transcurrir unas semanas más y después dije sí: simplemente sí a todo, sin reserva. Y Helena así se lo transmitió: sí, sin reservas.

Ya preparaba el ejército cuando Osio vino de nuevo a visitarme.

—¿Qué quieres ahora? —le pregunté.

—He venido a decirte que tan sólo queda un detalle y el pacto será firme.

—¿Qué detalle? —me puse en guardia.

—Que Melquiades reciba la señal de Dios.

—¿Que reciba qué?

—Todos los cristianos de Roma dirigen sus plegarias a Dios para que nos indique cuál es el camino y cuando Melquiades reciba la respuesta estaremos a punto.

—¿Pero… qué prueba queréis? Yo defiendo la libertad y Majencio os matará después de obtener la victoria que le permita compartir el Imperio con Maximino, cruel y despiadado perseguidor de cristianos inocentes.

—Melquiades no busca pruebas, sino una señal de Dios.

—Supongo que Melquiades es consciente de la historia de Sofronia, la cristiana que prefirió suicidarse antes que perder su castidad a manos de Majencio…

—Sí. Conoce la historia.

—¿Y qué ordenó Majencio durante la revuelta en Roma? Los pretorianos no hicieron ninguna distinción entre cristianos y no cristianos. ¿No son señales?

—Quizás sí, pero él ha decidido esperar. Y él es el jefe que Dios bendijo.

Me quedé de una pieza, boquiabierto. No servía ningún razonamiento. Melquiades, el jefe de los cristianos de aquel tiempo, aún no estaba convencido y recelaba de la palabra de Constantino. Quizás demasiado a menudo los cristianos habían creído en la palabra de los nobles romanos y, demasiadas veces, habían recibido la traición como moneda de cambio y se habían convertido en el burro que recibe todos los palos.

Bien. No me quedaba otro remedio que esperar.

Una semana después recibí un nuevo mensaje de Osio. No había nada que hacer. Su dios no hablaba.

Entonces fui a ver a Licinio y le rogué que hablase con ellos y que apoyase mis promesas.

—Te has vuelto loco —me contestó—. Estás a punto de convertir esta guerra en un asunto religioso.

—¿Y qué otra opción me queda?

—Es un error. Los romanos nunca hemos luchado por temas religiosos.

—¿No ves que es una excusa?

—Es peligroso y no te ayudaré. No puedo ayudarte.

Cuando, tiempo después conocí personalmente a Melquiades, llegué a la conclusión que aquel viejo de inocente mirada y suaves formas, propias de los cristianos, escondía bajo la capa de humildad una buena dosis de orgullo. Los extremos se tocan y yo he aprendido a huir de las virtudes demasiado notorias, porque el exceso de sumisión puede ser la cortina que no nos deja ver una traición; la gran prodigalidad puede ser la niebla que envuelve la búsqueda de un favor de más alto valor; el amor desmesurado puede encubrir un odio terrible; y la humildad que se convierte en humillación no es de buen conformar. No, no es de buen conformar, y la prueba más evidente la había obtenido de Zama, el esclavo más sumiso que jamás creí tener. Él, entre fingidos gestos de devoción y humildad, siempre pendiente del más trivial de mis deseos, levantó el puñal contra Constantino por orden de Majencio.

No son buenas las virtudes demasiado evidentes, y yo no me fiaba de Melquiades, a quien tenía por un fanático, porque los fanáticos son seres peligrosos que se han convertido en máquinas estropeadas que sólo saben repetir, una y otra vez, un trabajo inútil.

Sí, por el contrario, me caía bien Osio, porque sabía negociar —ya lo había demostrado— y utilizaba la razón sin pedir demasiadas pruebas celestiales, porque los hechos y la historia le proporcionaban todos los argumentos para creer en la palabra de Constantino, nunca rota hasta entonces. Sin embargo, Melquiades, embarcado en sus sueños espirituales, únicamente escucharía la palabra de su dios, y poco o nada tuvo en cuenta las razones de Osio ni los consejos de Silvestre ni las súplicas de mi madre. Dios tenía que confirmárselo con una prueba, una señal, tal vez con un milagro de los muchos que vivían en la imaginación de unos hombres que más parecían niños crédulos.

«¿Y ahora qué?», me pregunté, perdido por completo, incapaz de entender a aquel hombre. Y mientras andaba ocupado, deprisa, preocupado con la distribución del ejército, el estudio del campo de batalla y la confección de la táctica, discutiendo con los generales, midiendo las fuerzas del enemigo e intentando ponerme en su piel y razonar como él lo haría, el pensador ya sabía que la táctica no debía basarse en la fuerza militar, que existía otro elemento más importante y que la derrota de Majencio se hallaba dentro de Roma, y no fuera. Pero el tiempo corría y la respuesta no llegaba.

—¡Pues, lucharé solo! —grité un día, lleno de rabia. Y estrellé mi puño sobre la mesa, derribando el vaso de vino, ensuciando todos los mapas y obligando a mis generales a levantarse de un salto —. Lucharé solo, una vez más.

Ordené al ejército atravesar los Alpes con tanta celeridad que el enemigo no se enteró hasta que no alcancé el Piamonte.

A esta ligera ventaja le sumé otra mucho más importante: la derrota de la caballería de Turín, que me abría las puertas de Brescia y Verona. Las numerosas campañas al Norte, contra los francos, me habían permitido descubrir la sabiduría escondida tras la máxima de Julio César: divide y vencerás. Estas dos palabras, unidas a la velocidad, me permitieron eliminar todos los estorbos que me salieron al paso.

Licinio me había dicho que aún no había llegado el momento de luchar porque las fuerzas del enemigo eran, aparentemente, muy superiores. Pero yo contaba con que Majencio pensaría de igual manera, y que no se esperaba un ataque. Así que entré deprisa, rompí sus líneas y apliqué la misma táctica que había hecho famoso a Marco Aurelio.

Verona significó la muerte de un general que, a pesar de encontrarse en el otro lado del campo de batalla, mereció todo mi respeto. El valeroso Pompeyo fue un digno rival del vencedor, y tanto más fuerte es el enemigo que más se ensalza la gesta del ganador. Le admiré. Había planteado bien la batalla y casi estuvo a punto de vencerme. Allí perdí un buen puñado de hombres, porque la victoria llegó sólo de la mano de la superioridad de mis fuerzas, y lamenté profundamente que no quisiera rendirse. Había cumplido con su deber de soldado y ordené a mis hombres que le concediesen un funeral con todos los honores de un gran general y que nadie tocase nada de aquella plaza. También perdoné la vida a todos sus habitantes y soldados. Y muchos de ellos engrosaron mis filas.

—No hay secretos para conseguir ceñir la corona de laurel sobre tu cabeza —me decía Constancio, en Arles—. Tan sólo busca buenos aliados. Tienes que basarte, indudablemente, en la inteligencia y el valor propios, pero más vale no despreciar los defectos del adversario, que, conforme crecen, más posibilidades de victoria te otorgan.

Si soy lo que soy lo debo, en buena parte, a los maestros con los que pude contar en mi juventud. En Britania y en Germania, Constancio se sentaba con los soldados junto al fuego y hablaba con ellos como un compañero más, mientras nosotros le mirábamos embobados y escuchábamos sus palabras, sus relatos y recuerdos. Se hacía querer por la sencillez de su corazón. Duro en el campo de batalla, noble con el enemigo abatido, amable en la paz y comprensivo con los servidores, siempre tenía una palabra de aliento para el soldado más humilde.

Majencio, al contrario, no dispuso de un progenitor como el mío ni de una educación en la severidad y en la austeridad que le mantuviese despierto. En otra muestra de falta de sentido común y de preparación se había librado a los placeres, convencido de que la suerte, que por dos veces le había acompañado y había impedido a Galerio descargar todo el peso de su ira, volvería a sonreírle. Ni siquiera se le ocurrió pensar que la suerte tienes que labrártela, porque la diosa Fortuna también es caprichosa y puede darte la espalda cuando más la necesitas. Pero, tras contemplar como todas las plazas de Italia caían a mi paso, se vio obligado, finalmente, a aceptar la realidad y sus generales consiguieron que les escuchase y obtuvieron permiso para poner a punto una táctica que bien merecía mis elogios de general.

Licinio me había enviado dos de sus legiones. No estaba de acuerdo con mis planteamientos, pero sabía que la derrota de Constantino sería el preludio de la suya. Sin embargo, también he de decirlo, tomó la decisión cuando Turín, Brescia y Verona ya habían caído y los platillos de la balanza del destino empezaban a equilibrarse. Sea como fuere, se lo agradecí, porque yo también era consciente del sacrificio que para él representaba y de la delicada posición con la que se enfrentaba.

Ciento sesenta mil soldados, dieciocho mil jinetes y cuarenta mil hombres más, procedentes de África, contaba Majencio cuando se inició aquella guerra. Cuarenta mil me llevé conmigo, y cuarenta mil dejé en la frontera del Rin, porque no podía olvidar a los francos y los germánicos. Notable diferencia que otorgaba una importante ventaja al enemigo. Y tras cinco batallas aún le quedaban cien mil, a Majencio. Y yo todavía tenía que llegar a Roma.

La victoria me acompañaba, pero ni el perdón concedido en Suze y en Turín ni la prohibición de saqueo, en contra de lo que siempre ha sido habitual después de una batalla, conmovieron el corazón de los cristianos, que seguían esperando la orden de su pontífice y, éste, aguardaba la señal de su dios.

Buen cuidado puse en que la noticia de mi magnanimidad viajase por toda Italia, pero nada no podía conseguir que Melquiades mudara de idea. Su dios, mudo e impertérrito, tenía que hablarle.

—¿Qué más quiere ese hombre? ¿Qué prueba más evidente de mi buena voluntad, que el cumplimiento de todas las promesas? —grité. Y añadí—: Todas, sin ninguna excepción.

Hasta aquel instante todo había ido según lo previsto. Mis tropas poseían el entrenamiento y la experiencia adquirida en cien combates, de mil heridas infringidas por todos los enemigos vencidos, mientras que las fuerzas de Majencio carecían del conocimiento que sólo se extrae del sufrimiento, de la muerte del compañero que tenemos al lado y del dolor que brota de la carne abierta por el filo de la espada. Pero en Roma nos esperaba la guardia pretoriana, que eran soldados de verdad: hombres expertos y veteranos, escogidos entre lo mejor de las legiones, pozos de experiencia en el manejo de las armas y en el arte de la guerra. No se dejarían vencer con facilidad. Si no quería arriesgarme a perder en el último instante cuanto había conquistado, y si no quería que la sangre llenase nuestras filas, necesitaba imperiosamente la ayuda de Melquiades. ¿Qué podía hacer para convencerle?, no cesaba de preguntarme.

*** ***

Gabino, ante las puertas de Roma, contemplaba el campo de batalla desde la tienda que habíamos plantado. Contemplé el rostro de mi general y le pregunté:

—¿Qué te parece aquel puente?

El enemigo había construido una pasarela con barcas, junto al puente Milvio. Gabino apartó sus ojos del puente y me miró.

—Es peligroso. La pasarela les permitirá desplegar el ejército con rapidez y pueden sorprender al nuestro. Con eso ya dominará las dos orillas y mantendrá segura la retaguardia, mientras espera las legiones de Maximino. Si, por un azar, derrotamos la primera fuerza, pueden hundir las barcas y obligarnos a atacar a través de un paso estrecho que se erigirá en nuestra tumba; y si intentamos atravesar el Tíber con barcas seremos un blanco perfecto para sus arqueros —negó con lentos movimientos de cabeza—. No es ningún idiota, quien ha imaginado esta táctica.

—No. No lo es. Si las legiones de Maximino llegan antes de que hayamos entrado en Roma... No quiero ni pensar en el desastre. ¿Se te ocurre alguna idea?

—La pasarela —dijo—. Hemos de atacar la pasarela por la parte de atrás.

—Sí, pero... ¿Cómo llegamos hasta ella?

Osio me había dicho que a veces, quizás demasiado a menudo, su dios no habla muy claro o, tal vez, son los hombres que no saben escuchar. Le agradecí la explicación —excusa, diría— de por qué Melquiades tardaba tanto en responder. Y, entonces, me pregunté: «¿Cómo puedo obligar a su dios a hablar, si los dioses no tienen boca y nunca pronuncian palabras?»

Recorrí el campamento durante horas y horas, a oscuras, hablando con todo el que encontraba a mi paso, interesándome por los soldados, tal como había aprendido a hacer de Constancio, y buscando una respuesta para aquella pregunta. Ya hacía tiempo que había descubierto que estos actos no solamente son buenos para levantar la moral de la tropa, sino que me ayudan a reflexionar, porque me retornan a los tiempos de la escuela, a los largos paseos con los maestros, que aprovechaban cualquier detalle —una flor, un árbol, una piedra, un animal, el viento, el agua, el sol, una nube...— para concedernos el legado de sus explicaciones. A ellos les debo la facultad de observación y el don de la inspiración, que no es más que el resultado de un esfuerzo continuado. La revelación divina, que baja del cielo, no existe: es falsa.

Sé muy bien que la iluminación procede del deseo intenso que recoge y une todos los conocimientos guardados en la memoria y los ordena de mil y una formas hasta que el cuadro adquiere los colores y la representación acertada. Entonces, la luz estalla e ilumina el pensamiento y lo dirige hacia la transparencia de la realidad.

Fue un largo camino en busca de una respuesta, un repaso de todos los detalles que había obtenido de las conversaciones con Osio. En aquellas charlas se hallaba la solución al enigma — ¡Podía jurarlo!—. Seguro que Melquiades tenía un punto débil que me permitiría atacar y vencer. Palabras pausadas, claras y limpias; deseos, reflexiones y pensamientos acompañados del sentimiento de estima hacia los suyos; y, perdido entre todo aquel maremagno, un detalle, tan sólo un detalle es cuanto necesitaba encontrar. ¡Tenía que existir! Tal vez agazapado tras alguna mirada, quizás bajo un gesto, o bien cabalgando sobre una palabra, o escurriéndose entre las muchas reflexiones,... ¡Maldita sea, tenía que existir! Y yo necesitaba encontrarlo antes de que el sol rompiese la magia de la oscuridad y desapareciesen el silencio de la noche y la paz del campamento.

Toda una larga noche exprimiéndome el cerebro y por fin, de madrugada, con la llegada de las primeras luces de la alborada, la inspiración se hizo presente, iluminó mi mente y la sacó de la oscuridad de la cueva, lejos del laberinto de la búsqueda.

El dios de los cristianos no habla, sino que envía señales. ¡Claro! Allí se hallaba la respuesta a la pregunta: las señales.

Toda la religión cristiana se basa en imágenes, en consignas y en milagros, y por encima de todo se encuentra la fe: una señal que recibe el escogido y que dice a los demás que deben seguirle porque su dios así lo ha ordenado. «¿Por qué no puedo ser yo el escogido? ¿Y qué mejor señal que el símbolo de los cristianos?», grité entusiasmado. Y, de nuevo, repasé todas y cada una de las conversaciones con Osio y descubrí que había una constante: los planteamientos infantiles y las explicaciones mágicas del nacimiento de su religión. Los cristianos creen cualquier explicación que puedan convertir en prodigio. Nunca he visto gente tan proclive a los milagros. O, mejor dicho, a la creación artificial de milagros inexistentes.

¿Por qué no? Sin duda la cruz me concedería la victoria.

El sol surgía por el este cuando di la orden. Gabino no podía creerlo. Por primera vez en toda la historia de Roma una guerra se convertía en religiosa, tal como había pronosticado Licinio.

—¿Por qué permanecer prisioneros de una promesa? —me preguntó. Y añadió—: Si nosotros vencemos sin la ayuda de nadie, a nadie deberemos ningún favor.

—Cierto, pero ya basta de verter la sangre de nuestros soldados —le respondí—. A partir de ahora la sangre será de los cristianos. Sangre a cambio de libertad. ¿Comprendes?

—No.

—Esta noche he tenido una visión —mentí—. Se me ha aparecido Apolo y me traía en sus manos dos coronas. Me las ha ofrecido y me ha dicho que seré emperador durante treinta años. Dentro de una de las coronas había una cruz.

Los estandartes se levantaron y exhibieron la cruz; y la cruz fue la luz que despertó y alertó a los cristianos de Roma. Melquiades, secundado por Silvestre, vio en ello la señal divina, ordenó a sus seguidores que destruyesen el puente de barcas cuando el ejército estaba encima y el Tíber se engulló a Majencio y con él desapareció todo el poder que había gobernado la capital hasta aquel momento.

Miles de cristianos furiosos, locos de rabia divina, armados con palos, hachas y lanzas improvisadas atacaron a los soldados de Majencio por la retaguardia y las barcas se hundieron. Roto el ejército de Majencio, únicamente quedaba la segunda parte de la divisa de Julio César porque la división ya estaba hecha y sólo necesitaba vencer, acción que emprendí y concluí con toda rapidez.

En el preciso instante de hundirse el puente, mis soldados se quedaron quietos, boquiabiertos y mudos por la sorpresa ante la furia de los cristianos. Nadie podía creer que aquellos hombres fueran capaces de luchar con tanto ardor, valentía y violencia.

—¡Atacad, atacad, atacad...! —grité—. ¡No dejéis ni uno con vida!

El firmamento se oscureció con la lluvia de flechas, mientras el agua se teñía de rojo con la sangre que brotaba a borbotones por las mil heridas infringidas al enemigo.

Mis hombres recogieron los restos del orgullo del tirano para de proclamarme emperador, mientras nacía la leyenda más increíble que jamás ha dado la historia. *In hoc signo vinces*: con este signo vencerás. Y los cristianos, tan proclives a creer en los milagros, dieron alas e hicieron crecer el poder del gran benefactor hasta el extremo de convertirme en el enviado de su dios, mientras Roma se arrodillaba a mis pies.

Cuando, entrada la tarde, los soldados me trajeron el cuerpo de Majencio, lo contemplé y una sonrisa alargó mis labios. Él había sido derrotado por una sencilla cruz pintada en un estandarte. Su cuerpo, cubierto de barro, no presentaba ninguna herida. No derramó ni una gota de sangre, porque nunca la tuvo ni para luchar ni para amar. Fue una muerte vergonzosa, lejos de la muerte de cualquiera de sus generales, que vendieron su sangre a precio de sangre, como corresponde a la dignidad de un soldado.

Aquel día los cristianos no tan sólo habían creado una leyenda sino que me habían ayudado a cambiar el curso de la historia.

Cada vez lo veo más claro. Es la propia y normal evolución de los hechos, arropados por las circunstancias, que toma las decisiones y marca el rumbo de la nave, y no el capricho de seres descarnados.

No puedo creer en ninguno de los milagros que los cristianos se atribuyen a ellos, a sus dirigentes, a su dios o a su fundador. Tampoco puedo creer en ningún dios. He vivido en propia carne el más grande de todos los prodigios de los últimos años y mi fe no puede aceptar como milagro aquello que sólo yo convertí en inspiración divina. No fue su dios, quien me envió la señal, sino mi ambición; no fue una inspiración divina, sino el resultado de una investigación meticulosa entre los numerosos apuntes que vivían en el interior de mi memoria; no fue Constantino, quien ganó la batalla, sino los cristianos; no hubo ningún prodigio, a pesar de que ellos, los cristianos, así lo han proclamado.

Roma me acogió de nuevo como el vencedor y, en esta ocasión, añadió el título de emperador de todo Occidente a la persona de Constantino. Un campo lleno de cadáveres de pretorianos me sirvió de alfombra en mi entrada triunfal, diferente por completo de la alfombra de pétalos que se había extendido a los pies de la cuadriga con la que había recorrido la vía Flaminia por primera vez, muchos años antes.

Los veteranos soldados de la guardia pretoriana habían luchado con valentía —he de reconocerlo— pero esa valentía era la consecuencia y el resultado de la desesperación. No les quedaba otro remedio. Nunca habrían alcanzado mi perdón porque la ofensa al Imperio, su soporte a un usurpador, la destrucción de todas las estatuas de quien ahora llegaba como vencedor y la larga historia de favores conseguidos con sus decisiones arbitrarias pesaban demasiado sobre el platillo de la balanza.

La decisión de disolver este cuerpo de veteranos, que se habían prostituido, me parece absolutamente justa y acertada. De hecho, poco quedaba por disolver. Casi no quedó más allá de un centenar, de los que había que restar los oficiales que fueron ajusticiados...

Tenía que respetar la palabra de Constantino y un año después convencí a Licinio y ambos proclamamos conjuntamente el edicto de Milán, que concedía idéntica libertad para los cristianos que para cualquier otra religión. Los cristianos alabaron a su dios, le dieron las gracias por el reconocimiento de la religión cristiana e interpretaron este gesto como la prueba inequívoca del poder divino de su dios. Su número se multiplicó tras el edicto que les convertía en hombres libres. Entonces descubrí que eran muchos los que querían pertenecer a su grupo, pero que no se atrevían a manifestarse porque la muerte los espantaba. Ahora ya no existía ningún impedimento y yo sabía que cuantos más fuesen tanto mayor sería mi poder.

Confieso que los emperadores somos mercaderes que a menudo comerciamos con objetos etéreos: derechos a cambio de seguridad. Un negocio que a mí me resultaba muy provechoso.

Llegada la noche, cuando mi cuerpo exhausto cayó sobre la cama, recordé el gran descubrimiento que había hecho en los Alpes, años atrás, durante el primer viaje a Roma, cuando vi que la trinidad de Constantino podía resultar invencible. Ahora ya no tenía la menor duda. La batalla del puente Milvio no fue ganada por el combatiente, por el hombre de acción, sino por el filósofo, por el pensador, el hombre alejado de las guerras que prefería esgrimir el arma de la inteligencia para conquistar el imperio del espíritu. Fue mi inspiración que venció en aquella batalla, pieza decisiva para ganar un trono más terrenal: Roma. En mi historial figuraban los triunfos que habían convertido Constantino en leyenda, pero aquél era el definitivo.

También hacía tiempo que había descubierto que es más sencillo adorar a un sólo dios que lo gobierna todo, porque la simplificación es importante, sobre todo cuando ya habíamos alcanzado el extremo de crear miles de dioses, muchos de ellos absurdos, señores de pequeñas parcelas de la vida cotidiana. Y los cristianos habían llegado a idéntica conclusión. Ellos adoraban a su dios y yo adoraba a Mitra: el dios de los ejércitos, el más grande, el más poderoso y el más brillante. No había demasiadas diferencias entre ellos y yo.

Pero los descubrimientos no se detenían aquí, puesto que los cristianos representaban otra circunstancia que me favorecía sobremanera. Surgidos de Judea, se habían extendido por todo el Imperio, y yo necesitaba un elemento de cohesión para mantenerme. «¿Qué mejor elemento que la religión?», sentí una nueva inspiración, junto al oído, tal como sugiere el consejero diligente en medio de una reunió. Los cristianos salían de una persecución brutal iniciada por Diocleciano y seguida por Galerio, y nunca habían sido reconocidos por nadie. En ocasiones tolerados, siempre pendía sobre sus cabezas la espada de Damocles. Cojín perfecto para descargar la ira de los emperadores y sofocar al pueblo enfurecido, habían padecido persecuciones por cualquier motivo. El capricho ridículo de Nerón lo pagaron ellos y el incendio de Roma fue sofocado con la sangre de los cristianos que murieron ajusticiados en las semanas que siguieron a la locura. Parecía como si el fluido vital de aquellos pobres desgraciados tuviese multitud de aplicaciones curativas para el pueblo de Roma, sanguinario por naturaleza y corrompido hasta extremos increíbles.

Los cristianos habían sobrevivido a todas aquellas barbaridades y mis hombres venían de luchar con los bárbaros, lejos de casa, en medio de la nieve y el frío. Bien meditado, disponía de dos ejércitos, con dos dioses únicos y las mismas virtudes, porque, de la misma manera que una larga permanencia en campaña fortalece el carácter, nos hace amar los placeres más pequeños y aleja los grandes vicios, aquellos pobres desgraciados habían recibido una educación basada en la dureza de las persecuciones, mientras las virtudes de la templanza, la paciencia y la justicia representaban la gran meta dorada, el sueño que los mantenía firmes en la confianza de que su dios obraría el prodigio de concederles la paz.

Un cuidadoso estudio revelaba que entre las costumbres, que habían prendido en los cristianos, se contaban la sinceridad y un rechazo de los placeres carnales, tan cultivados por la sociedad romana y a los que se manifestaban tan proclives un buen número de los últimos emperadores. Los cristianos serían los perfectos jueces, los mejores notarios, unos consejeros valiosos y la garantía del poder de Roma y de la unión de los ciudadanos del Imperio. El peligro les había obligado a organizarse y disponían de una jerarquía similar a la romana y de argumentos más que suficientes para mantener unidos a sus seguidores y proporcionarles una explicación convincente de por qué las cosas son como son. Y sus seguidores, convencidos, hacían gala de una obediencia y de una devoción que ya hubiera querido encontrar Julio César en los miembros del senado que le asesinaron o en la hermosa Cleopatra que sedujo al pobre Marco Antonio. Los cristianos no discuten las órdenes, las ejecutan. «Son la sociedad perfecta», llegué a pensar ante la grandeza del descubrimiento.

Brillante y sutil inteligencia, próxima a los conocimientos esotéricos del gran Hermes, tengo que reconocer en quien convirtió en religión aquello que, posiblemente, no era, en un comienzo, nada más que el movimiento revolucionario de unos pobres y hambrientos campesinos ahogados por el poder de la clase dominante. Incluso, me quedo boquiabierto cuando recuerdo haber leído, por azar, en la historia de Tiberio, cuando buscaba relatos de batallas que me proporcionasen nuevas tácticas, que recibió un informe de Poncio Pilato sobre la ejecución de un hombre, a quien él, el gobernador, consideraba inocente, y tomó la decisión de convertirlo en dios de los romanos. Afortunadamente Tiberio murió poco después de tomar esta curiosa decisión, impropia de un ser sanguinario, y Jesús de Nazaret, el hijo de un carpintero, no ocupó una plaza entre el ejército de dioses que contemplan el Imperio.

Simplificación: divina palabra que me ha permitido comprender la mente infantil de los cristianos y emplearla en mi servicio y mayor provecho. Simplificación, pienso, y me río cuando recuerdo que el principio sobre el que se edificó la religión cristiana era extraordinariamente simple: pon a final del camino la promesa de un tesoro seguro y obtendrás lealtad. ¿No había hecho yo lo mismo con mis soldados? ¿No aplicaba principios similares, fruto de las enseñanzas recibidas? El saqueo es la recompensa de los vencedores. Con la espada en la mano se lanzan sobre las murallas con la visión de tiernas doncellas que serán desfloradas por quien primero llegue, mesas repletas de manjares, botas que rebosan vino, montañas de oro, plata y cobre que pueden llevarse consigo,... Sólo que para los cristianos la recompensa es futura, siempre futura, y se encuentra fuera de este mundo, al que han venido a trabajar y a padecer para ganarse el premio final. Aquí radica la gran diferencia: en el tiempo. Necesitaba, pues, concederles pequeñas libertades, hacer grandes actos públicos, unas cuantas declaraciones y firmar un par de edictos que les fuesen favorables. Y me seguirían hasta la muerte.

¡Cielos infinitos! Si alguien conociera todos estos pensamientos... Si alguien pudiera intuir las razones que me condujeron a tomar muchas de las decisiones... Me asusta pensar que todo está edificado sobre humo y me maravilla contemplar el delicado equilibrio que lo mantiene todo: un inmenso edificio del que no puedes retirar ni una pieza sin que todo el conjunto se venga abajo. Y todo construido con el concurso de la fantasía y de la ilusión. Éste es el único prodigio que soy capaz de aceptar.

Antes de pedir a mi madre que me presentase a los cristianos me había preocupado por conocer quiénes eran, de dónde venían, qué querían y qué era lo que podía esperar de ellos. Esta tarea la delegué en Sóprates, que tuvo sumo cuidado en buscar toda la información que existía y la recogió en un informe. Reducido, pero bien repleto de antecedentes, referencias, indicios y hechos valiosos que habían de serme de gran utilidad en el momento de negociar. No recuerdo todo su contenido, pero sí los detalles más relevantes. Hablaba de virtudes y de defectos, y entre las virtudes, contempladas bajo mi punto de vista, hacía especial referencia a la sumisión, que definía como total y absoluta. Recuerdo, también, que después de leerlo, le hice a Sóprates una pregunta muy curiosa:

—¿Serán capaces de matar?

Y él, después de cerrar los ojos, hábito natural en el hombre que desea que su respuesta sea precisa y ajustada a derecho y a realidad, me respondió:

—Si su dios se lo ordena, matarán incluso a sus propios hijos con la frialdad del más sanguinario de los asesinos.

Le miré incrédulo, pero él, imperturbable, me lo demostró con la lectura de pasajes de la historia antigua de los judíos, cuna de donde surgió el cristianismo, que hablaban de la historia de Abraham y de Isaac.

Ésta era la clave de todo: la sumisión y la esclavitud a un dios, para quien el castigo se convertía en práctica habitual y la misericordia sólo llegaba cuando la fuerza de las plegarias superaba netamente la culpa de la ofensa. Yo no podía entenderlo, porque nunca me he sometido a nada ni a nadie, pero resultaba evidente que ellos no practicaban la violencia porque su dios les pedía amor, pero si la consigna cambiaba ellos la seguirían ciegamente, sin temer a la muerte. Indudablemente, no podía desear un ejército mejor preparado. Y mandar esa fuerza era sencillo: únicamente necesitaba encontrar el fulcro que me permitiese apoyar la palanca que movería el mundo. Y lo encontré en la cruz: en el símbolo de todas las creencias de aquella gente. Una pequeña cruz pintada que adquiría dimensiones colosales cuando la contemplaban los ojos de los cristianos y que se convertía en inmensa espada de justicia al servicio del emperador que había sabido descubrir su valor.

La historia casi nunca es fiel a la realidad de los hechos. Ella, con letra escrita, señala la grandeza de las batallas en función del deseo del vencedor. Los cristianos estaban muy deseosos de que aquella batalla representase algo más que una simple victoria: querían la consagración definitiva de su religión. Y yo les concedí ese deseo y ellos, en prueba de gratitud, elevaron la grandeza de una batalla al nivel de participación divina y me concedieron el derecho a pasar a la historia con los máximos honores. Por supuesto que todas las batallas ganadas hasta entonces habían sido más difíciles que aquélla, pero la historia dicta sus propias leyes. Por suerte, yo ya había llegado a descifrar y a entender esta gran evidencia, y supe aprovecharla.

Acababa de nacer la nueva Roma, la Roma de los cristianos.

7 - LA PAZ

Los emperadores tendríamos que morir antes que todos aquellos con quienes nos entendemos. O, aún mejor, tendríamos que disfrutar del poder para otorgarles nuestro permiso para morir, de la misma forma que concedemos permiso para muchas más acciones que también son importantes. Sería menos complicado. Cuesta tanto encontrar personas que merecen nuestra confianza que la tarea es pesada y molesta. Se tardan años y años en llegar a establecer un vínculo de confianza y nunca estás absolutamente seguro de nada. Somos los más esclavos de todos. Siempre tenemos que vivir alerta y nunca podemos confiarnos.

Años después, Silvestre sucedió a Melquiades y tomó posesión del título de pontífice de la iglesia cristiana. No vi ningún inconveniente en dejar que lo fuera públicamente, a pesar de que, consciente de su poder, estimé oportuno conservar para mí el título de Pontífice Máximo que me correspondía por derecho de emperador y no abandoné mi interés por el culto a Mitra.

Silvestre y yo llegamos a conocernos muy bien. Fueron muchos años de trato. Me sentía cómodo con él, a gusto, distendido. Y supongo que él conmigo. Le consideré una gran persona. Un poco ignorante, aunque agradable y capaz de dialogar. Pero, sobretodo, era fiel y noble como un perro.

Julio no me gusta. Su actitud altiva y el pensamiento de que la verdad le pertenece me recuerda a los antiguos emperadores. No admite el diálogo, pero me respeta porque soy quien soy, aunque sé que secretamente desprecia a todo el que no es cristiano. No, no me gusta ese hombre. A veces, incluso, he pensado que sería bueno juzgarlo y ajusticiarlo. Lo he hecho con otros que incluso me eran queridos y la verdad es que ...

¡Oh, dioses! Si ordenase confeccionar una lista de todos aquellos que han muerto por necesidades de estado, si esta lista contemplase todos los crímenes disfrazados, si añadiese todos los suicidios, los destierros que han acabado con la súbita muerte del desterrado, las promesas rotas, los complots y las traiciones, y todas aquellas historias nunca aclaradas, tendría que ordenar a los escribientes que no durmiesen durante meses. Roma es un gran pozo que devora todos los cadáveres que lanzamos por su boca y nunca se llena.

Cuando era joven este pensamiento me repugnaba, pero ahora, que ya he descubierto que no somos seres individuales ni mi historia me pertenece únicamente a mí, sino que es la suma de todos los acontecimientos que me han sentado en el trono, pienso que desde el primer nombre hasta el último de esa larga lista, ¡todos!, me han ayudado a conseguir mis objetivos. Ha sido un largo camino jalonado de muertes. Algunas necesarias, pero otras gratuitas. Lo malo es que no puedo desandar los pasos dados ni devolver la vida a los muertos que no se lo merecían.

Tampoco vale la pena perder el tiempo en darle vueltas a aquello que resulta imposible. Sólo sirve para acrecentar más el sentimiento de culpa que me ahoga. Casi me da risa, porque ahora, justo al final de mis días, lo cambiaría todo.

Pero, volvamos a la realidad, que es lo único que de veras cuenta. El resto son... No es nada.

Maximino, cuando vio la derrota de Majencio, ordenó a sus legiones que se retirasen y, si bien el pacto con Majencio ya era suficiente excusa para atacarlo, decidí que por el momento ya había tenido bastante. Los soldados estaban exhaustos y el ejército necesitaba un descanso. No se puede atacar y atacar. De vez en cuando hay que reposar.

Después de la batalla del puente Milvio, Majencio ya no existía y tres emperadores gobernábamos el Imperio. Pero tres es un número que no me gusta. Nunca no me ha agradado. Con un número tan reducido, siempre hay uno que no está de acuerdo con los demás y se siente menospreciado porque no le queda otro remedio que plegarse al deseo de la mayoría y nadie puede consolarle.

Maximino era un ser ambicioso y cruel que no albergaba ningún sentimiento noble. Nos vimos en contadas ocasiones y nunca llegamos a entendernos en nada. Quería gobernar todo Oriente y no tuvo el menor escrúpulo en proponerme que le ayudase a librarse de Licinio. Sin embargo, yo no confiaba en su palabra de respetar Occidente cuando hubiese conseguido sus objetivos y me negué.

Pero, una vez hube acabado con Majencio, me di cuenta de que era tiempo de reposo y de pactos, de nuevas alianzas que me asegurasen la paz mientras recuperábamos les fuerzas. También era tiempo para afianzar territorios y alejar el fantasma de posibles cambios de política. Los que son enemigos, mañana pueden ser amigos. Todo es una cuestión de intereses. De manera que hice las gestiones oportunas para que Constancia y Licinio se casaran, con lo que ya tenía por cuñado a uno de los emperadores y el otro se quedaba más aislado.

Fue una boda fastuosa a la que no asistió Maximino, que se excusó, pero envió regalos. Sonreí. Él había entendido que se había quedado solo. No tenía nada que ofrecerme, excepto su palabra. Y ésta no valía nada...

Después de tanta guerra, la paz volvió a reinar en mis dominios y me preparé para reconstruir un imperio destrozado. Deseaba, y necesitaba, curar todas las heridas que deja una guerra civil.

Sin embargo, cuando ya creía que todo estaba bajo control, los francos cruzaron el Rin, aprovechando que las noticias de la muerte de Majencio les hacían acariciar la idea de que Roma se había desmembrado, y me obligaron a marchar hacia allí.

Confieso que no supuso ningún sacrificio desplazarme. Roma me ahogaba tanto que prefería vivir en Arles, pero había renunciado porque no podía cometer el mismo error que otros emperadores y dejar que otro Majencio, un estúpido más, se creyese en la obligación de complacer a unos ciudadanos que se imaginaban que eran el ombligo del mundo y exigían la presencia de un hombre sentado en el trono. Pero con la excusa de defender las fronteras del Imperio la situación cambiaba. Prótulo guardaría fielmente mis pertenencias, bajo la atenta mirada de Fausta que, en éste y en otros aspectos, era insustituible. Podía, por tanto, irme tranquilo, que cuando regresara nada habría cambiado.

Y es aquí donde todo volvió a complicarse. Maximino creyó que una vez alejado Constantino podría atacar y derrotar fácilmente a Licinio. Menos mal que, en previsión de un posible ataque por parte de aquel traidor, dejé tras de mí un seguro. Conseguí que mi cuñado y aliado fuese nombrado protector de la religión que me había otorgado la victoria sobre Majencio. Y él había aceptado.

¡Claro que sí! Licinio y yo nos habíamos encontrado en diversas ocasiones y nuestras relaciones eran de mutua confianza. En uno de aquellos encuentros mantuvimos una larga y fructífera conversación, interesante y provechosa para ambos, porque él supo escuchar mis palabras y las hizo suyas.

—Los cristianos son la mejor garantía de continuidad para el Imperio —le dije.

—Una garantía peligrosa —me contestó, recordando que él no entró en la contienda contra Majencio porque estaba en contra de convertir una guerra en disputa religiosa.

—Quizás sí, pero en estos momentos es la única —repliqué—. Piensa: tú necesitas un ejército. ¿Dónde encontrarás hombres dispuestos a luchar? ¿Dónde los encontré yo?

Se quedó pensativo. No era ningún idiota y captó de inmediato el peligro que le acechaba.

—Maximino no ha entendido la fuerza que se esconde tras los cristianos —seguí hablando—. No les obligues nunca a luchar, pero protégelos y ellos te servirán.

Maximino llegó a Bitinia con más de sesenta mil hombres, mientras que Licinio sólo contaba con treinta mil. La balanza estaba demasiado inclinada a favor del invasor y Bizancio cayó después de doce días de asedio. Además, no tenía unas defensas seguras. Pero, tal como yo había vaticinado, la cruz volvió a alzarse y el ataque a Heraclia ya no fue tan sencillo como el de Bizancio. Al contrario, representó una pérdida de tiempo tan grande que proporcionó a Licinio la oportunidad de plantarse ante Maximino con el mejor ejército: una fuerza compuesta por cristianos dispuestos a morir para defender a su garante y protector. Nadie, en toda la historia del Imperio, había visto nunca un coraje tan firme y una disposición a morir que dejaba helado a cualquiera. Su dios se lo había ordenado y ellos morirían con una sonrisa en los labios. Ya lo habían hecho en los espectáculos de los circos.

Yo había vuelto a Roma y Fausta me informó de las últimas historias que circulaban por las calles de la capital, de las chafarderías y cuentos de mercado que tanto gustan a las matronas romanas y que en tantas ocasiones me han proporcionado valiosa información, pero que en aquellos momentos me dejaban indiferente. Me preocupaba mucho más Maximino. De manera que las intrigas femeninas de palacio cayeron en el olvido cuando me llegaron noticias del este. Una vez más la historia se repetía y, tal como había sucedido con Maximiano, sus propios soldados le entregaron al ejército de Licinio y el emperador encontró su última hora en Tarso.

La historia ha escrito que Maximino se suicidó, que la desesperación le empujó, que... También dice lo mismo de Maximiano, pero yo sé que los romanos sentimos una excesiva tendencia al suicidio y he preferido no conocer la verdad. Decisión tomada, decisión asumida; acto ejecutado, acto olvidado. ¿De qué puedo quejarme, si yo había hecho lo mismo con Maximiano? Un acto de caridad cristiana. Y basta. No había que darle más vueltas.

Licinio se convirtió en emperador de todo Oriente y en prueba de agradecimiento firmó una nueva alianza conmigo, que aún fortalecía más la precedente. Él se sentía poderoso y seguro, y yo también. El Imperio volvía a disfrutar de la grandeza y nuestros enemigos nos respetaban.

De regreso de la frontera del Rin, y tras la derrota de Maximino a manos de Licinio, me dediqué a la construcción de la nueva Roma, de una nueva sociedad que siempre, por una razón o por otra, quedaba relegada sin fecha fija. Me convenía un descanso.

Fausta volvió a quedar embarazada. Yo me sentía satisfecho y había llegado a quererla de veras. Ella me había ayudado en numerosas ocasiones. Sus consejos y comentarios resultaban acertados y había encontrado en ella la perfecta emperatriz. En mi interior tenía muy claro que la familia es parte de uno mismo y concerté el matrimonio de otra de mis hermanas, Anastasia, con Basiano. Como dote le concedí África: una provincia rica y grande que colmaría todas las aspiraciones de mi nuevo cuñado. Fausta también consideró que la decisión era plenamente acertada. Bien, ahora que lo pienso, quizás la decisión fue suya, de Fausta, porque las mujeres poseéis una sutileza especial cuando hacéis tratos y pactos de familia. Y la boda, organizada por Fausta, fue lujosa y Silvestre la bendijo con su presencia, aunque el oficiante no fuese de los suyos, ni cristiano el ritual escogido por los contrayentes.

—¿No crees que con todas las prerrogativas concedidas ya tienen bastante y que no sería prudente dar más protagonismo a los cristianos porque te identificarías demasiado con ellos? —me había dicho Fausta. Y tenia razón. Como casi siempre.

Constancia y Licinio asistieron a la boda y vi que entre mis dos cuñados nacía una cierta corriente de simpatía. «Será un nuevo vínculo que aún reforzará más la alianza entre Oriente y Occidente», pensé. Y me sentí contento.

Tenía que reconstruir una economía maltrecha por tanta guerra y olvidar los enfrentamientos. Una nueva etapa se divisaba y las calles de Roma recuperaron la vida y el esplendor de los años pasados, mientras que los mercados se llenaron, el circo volvió a ofrecer espectáculos —sólo que los cristianos ya no estaban en la arena—, las fiestas se multiplicaron, a pesar de que nosotros —Fausta y yo— no asistíamos a muchas y los teatros recuperaron la facultad de representar obras de los griegos, quizás porque sabían que a mí me gustaban. Mientras, el senado discutía leyes y más leyes, los ministros andaban como locos de un lado para otro para poder cumplir las muchas órdenes que les daba y el Tíber contemplaba indolente todos los cambios que tenían lugar en la capital. Y yo lo contemplaba todo y me sentía seguro, porque vivía convencido de que las siete colinas guardaban mis pensamientos.

Un día me encontraba con los ministros y llegó Prótulo. Le vi entrar y quedarse a un lado, con un rollo en las manos. Le dediqué una rápida mirada y capté en su rostro la sombra de la preocupación. Prótulo era prudente y callado y nunca se presentaba de improviso. Algo grave tenía que estar ocurriendo, pensé. Me las ingenié, concluí la reunión y les despedí.

—Señor, he tardado en presentarme porque quería estar seguro de mis palabras —me dijo, cuando nos quedamos solos.

—¿Qué sucede?

—Lo hemos interceptado camino de Bizancio —me informó y me mostró el documento que llevaba en las manos.

Lo desplegué y lo leí. En él encontré las condiciones de un pacto. Basiano asumiría el poder en Roma y Licinio, a cambio de su ayuda, obtendría África. Yo, naturalmente, tenía que desaparecer.

Tendría que haberlo previsto, pienso ahora, porque ambos habían cambiado mucho. Ya hacía días que llegaban a mis oídos rumores que apuntaban que el desenfreno y el vicio se habían apoderado de la corte de Licinio. Sin embargo yo me negaba a aceptarlo y disculpaba muchas de sus acciones.

Es así como permanecí en silencio cuando Licinio ordenó ejecutar a Candidiano, hijo natural de su benefactor Galerio. Y, no contento con aquel crimen, arremetió contra Valeria, una de las mujeres más valerosas que nunca he conocido, digna esposa de Galerio y madre adoptiva de Candidiano, en un acto que sobrepasaba los deberes de esposa y de emperatriz. Cuando pienso en todo lo que esa mujer tuvo que padecer a lo largo de sus días, el corazón se me llena de dolor. Maximino la había perseguido y torturado y la desterró al desierto de Siria junto a Prisca, su madre. Madre e hija tuvieron que sobrevivir a penalidades impropias de su dignidad, mientras Licinio y yo luchábamos batalla tras batalla en nombre de la justicia y de la libertad. Y cuando todo parecía que retornaba a su cauce habitual, Licinio enloqueció y las cabezas de las dos mujeres rodaron y se hundieron en el mar en otro de los actos abominables que seguían a la traición. Entonces se dio cuenta del error y, en un absurdo intento por disfrazar su culpa, creó una conjura inexistente. Pero el pueblo no aceptó el engaño y su imagen se deterioró con inusitada rapidez. Sin embargo, yo seguí disculpándolo.

—Un emperador debe tomar decisiones que no son agradables —recuerdo haber exclamado una noche, durante una cena, para acallar la voz de mi esposa.

—¡Pobre Constancia! —suspiró Fausta, y añadió en voz baja—: Y pobre de mí.

Ella intuyó el desastre. Supo enseguida que volveríamos a enfrentarnos hermanos contra hermanos, que las familias romanas llorarían de nuevo pérdidas inútiles y que la tierra se tragaría los cadáveres y cerraría las fauces sin derramar una sola lágrima.

Y aquel documento, interceptado por Prótulo no hacía más que confirmar lo que yo me negaba a aceptar. Licinio, hijo de campesinos, aplicaba las mismas normas que los emperadores crueles de noble cuna que tuvo el Imperio. Aún no entiendo cómo pudo cambiar de aquella manera. Siempre había sido un hombre razonable, inteligente y amable. Pero, ya no era el mismo.

Poco a poco nuestros contactos se habían espaciado y nuestras relaciones se habían enfriado, a pesar de que Constancia y Fausta eran buenas amigas, y, de pronto, me encontraba con una decisión sobre la mesa.

¿Qué podía hacer en aquellas circunstancias? ¿Iniciar una nueva campaña? ¿Es que no habíamos tenido bastante? ¿Tenía otra opción?

Cibalis, en la Panonia, y Mardia, en la Tracia, se erigieron en dos nuevas victorias que dejaron muy claro quién era el maestro, y quién el discípulo, y obligaron a Licinio a razonar y a enviarme a su embajador Mistriano, después de contemplar como Basiano moría en el campo de batalla y el desierto se tragaba su cadáver.

Dos victorias que pagué al alto precio de la enemistad y del odio de Anastasia, que vivía convencida que era yo el ambicioso y que había atacado porque sentía envidia de su marido. Jamás me lo perdonó, aunque puse sobre la mesa todas las pruebas de su traición.

Mistriano era inteligente y no tardó demasiado en pedirme la púrpura para Valentino, otro pobre idiota nombrado por Licinio en un acto que intentaba engañarme con una fuerza imaginaria que no tenía. Pero no caí en la trampa y me negué a aceptar una condición tan estúpida para obtener la paz.

—Si Licinio quiere la paz, Valentino tiene que abdicar —respondí con firmeza—. En caso contrario, no me detendré ante nadie ni ante nada.

Mistriano guardó silencio y se marchó. Pocos días después Valentino perdía el cargo y la vida. Licinio, en un exceso de celo, interpretó que no detenerme ante nadie ni ante nada significaba que quería su muerte y me la concedió como un regalo. Me quedé horrorizado.

En muy poco tiempo la lista de ejecutados por razones de estado engordó considerablemente, mientras que siglos de historia no significaban pasos hacia adelante, sino refinamiento en los métodos. ¿En qué nos diferenciábamos de Tiberio, Calígula, Claudio, Nerón,...? En que nosotros lo justificábamos y a ellos las justificaciones les daban igual.

«¿Y ahora qué?», me pregunté. El ejército ya no podía más. Eran demasiados años de lucha ininterrumpida, de constante marcha a través de todo el Imperio. ¿Podía arriesgarme a una tercera batalla? El combatiente decía que sí y el pensador que no y, por primera vez, no se ponían de acuerdo. Finalmente se impuso la prudencia y escogí la paz. No podía arriesgarme a una derrota. Y, además, estaba Constancia.

—Ya ha sido suficiente con Anastasia —me dijo Fausta.

—Sí. Ya basta con ella —asentí.

El filósofo ganó la partida al combatiente y firmé la paz.

El resultado fue que la Panonia, la Dalmacia, la Dacia, Macedonia y Grecia pasaron a mis manos. Ya sólo quedaba la Tracia, Egipto, el Asia Menor y Siria en manos de Licinio. Además, nombré césares a mis hijos Crispín y Constantino. Licinio hizo lo propio con su hijo, pero éramos dos a uno.

Y la paz llegó. Una paz larga y largamente esperada. Siete años de bonanza que me permitirían restablecer las fuerzas, encontrar de nuevo la serenidad y dedicarme a la construcción del nuevo imperio que tanto y tanto había deseado y soñado.

La paz. ¡Por fin la paz!

—Nunca más escucharé a ningún Basiano —me había dicho Licinio el día que firmamos la paz, y se deshizo en mil y una explicaciones sobre la ambición de nuestro cuñado.

Yo di por seguro que había sido el marido de Anastasia, el instigador de la conjura, y creí en la palabra de Licinio, que parecía arrepentido. De manera que las relaciones entre Oriente y Occidente reprendieron en el punto en que habían quedado interrumpidas.

Durante los años de paz que siguieron a las largas campañas pude recuperarme de todas las carencias con las que el destino me había obligado a vivir para no distraerme del objetivo marcado. Ya era emperador y todo Occidente me pertenecía. ¡Y más aún!

Silvestre se convirtió en un invitado permanente de mis estancias. El pobre envejecía rápidamente, a pesar de que aún conservara el gusto por la conversación y una mente clara. Fausta a menudo nos acompañaba e intervenía con comentarios llenos de matices que revelaban una inteligencia que me sorprendió gratamente. Hasta entonces, con todas las campañas, no había tenido demasiado tiempo para descubrirla. Pero en aquellos momentos, cuando compartía mis preocupaciones, sentí un gran amor por ella. Había algo más que unos hijos que nos unían y ella dejaba de ser la hija de Maximiano y traspasaba la frontera de vientre gestante de nuestros descendientes para convertirse en compañera y amiga. Tanto era así que prodigaba mis visitas a su lecho y el presente, por segunda vez en mi vida, adquirió un sentido diferente: vital y lleno. Son los años en los que encontré en ella un nuevo amor que substituyese el gran vacío dejado por ti, Minervina.

Crispín y Constantino seguían creciendo a buen ritmo y tomé la decisión de nombrar, secretamente, el mayor como mi único sucesor. Constantino era inteligente y bravo y ya se adivinaba en su carácter la semilla de un buen general, pero Crispín destacaba tan netamente por encima de él que la elección se me antojaba más que evidente. A todas las virtudes que le adornaban tenía que añadir un gran amor por sus hermanos y, además, mi otro hijo Constantino le respetaba y le reverenciaba como a su hermano mayor.

Ya hacía tiempo que miraba con orgullo a Crispín. Mi madre le había educado en la amabilidad y la reflexión, gracias a los maestros que ella misma escogió. Por eso, en aquellos años, hice realidad la promesa pronunciada ante la tropa, cuando Crispín apenas comenzaba a andar. Salimos de cacería y le vi crecer y convertirse en soldado. Poco a poco descubría como su habilidad en el manejo de las armas casi alcanzaba la mía y era consciente que únicamente mi mayor y más dilatada experiencia me permitía ganarle. Incluso discutía con él asuntos de estado para conocer su parecer y me halagaba descubrir que tenía talento para negociar. «Será un gran emperador, concluí. «Sabe luchar, piensa y sabe hablar».

Constancio, Constante y Constancia también crecían, y llenaban de gritos nuestro hogar.

Fausta no hizo nunca gala de demasiada imaginación en lo tocante a los nombres de nuestros hijos. Se repetía hasta la saciedad, mientras que tú, Minervina, escogiste para el nuestro un nombre completamente alejado de lo que era ley en las familias romanas. Tan sólo con la última, con Helena, Fausta hizo un esfuerzo de imaginación digno de todo elogio y tuvo la delicadeza de recordar a mi madre, olvidando que las relaciones entre ambas no eran todo lo buenas que yo habría deseado.

¡Lástima que mi madre y tú, Minervina, no llegasteis a conoceros! Seguro que os habríais entendido, porque teníais muchos puntos en común: la ternura, la delicadeza, el coraje, el inmenso amor por nuestro hijo,... Y también, por qué no decirlo: Crispín era su nieto predilecto. Era lo más normal porque le había educado y había compartido todos los momentos que cualquier niño dedicaría a una madre...

En aquellos días creí un poco —tan sólo un resquicio— en el dios de los cristianos, a pesar de que la reflexión y el sentido común me conducían hacia otros derroteros: la eternidad únicamente tiene razón de ser cuando los dioses dejan de existir. Y el mismo razonamiento de aquellos días, hoy me parece tan real y tan lógico como entonces. El infinito y la eternidad dependen de sí mismos, nunca de un elemento externo, porque si su existencia permanece a capricho de un ser significa que pueden dejar de existir y, entonces, se convierten en atributos de quien los crea, con lo que nunca podemos hablar de ellos como existencia. Aquello que es, nunca puede dejar de existir, porque sería tanto como decir que no fue o que no será; el pasado ya no es y el futuro aún no ha llegado; todo es consecuencia de ser, en presente. Tarde o temprano, pero siempre, se hace presente el presente y se convierte en eternidad, mientras que mi existencia adquiere carta de naturaleza cuando está ligada a todo: al infinito.

En aquellos días me sentí eterno, a pesar de que sabía que mi cuerpo no lo era; me sentí parte del infinito, a pesar de que la piel me limitaba; me di cuenta de que, una vez muerto, yo me integraría en el universo, y sentí placer por haber contribuido conscientemente a que toda la creación continuase viva. Me sentía una pequeña brizna perdida en la inmensidad de los cielos y con eso consideraba que tenía garantizada la continuidad en la eternidad, porque el universo no olvida ninguno de sus componentes y no destruye nada, sino que lo hace evolucionar, lo transforma y lo configura de nuevo.

Silvestre se perdía en la búsqueda de nuevos argumentos para rebatir mis razonamientos, basados únicamente en la reflexión y alejados por completo de la imaginación puesta en la inspiración divina. Me gustaba mucho discutir con él. Me obligaba a mantenerme despierto y a ejercitar la facultad del pensamiento. También me proporcionaba información y más información sobre cuáles tenían que ser mis decisiones para mantener a los cristianos a mi lado. Le saqué todo el jugo con preguntas y más preguntas.

Aquel buen hombre quería demostrarme que la fe estaba por encima de todo y cada día regresaba con nuevas citas de su maestro que me permitían adentrarme más y más en la reflexión y exprimirme el cerebro para descubrir la realidad de todos los anhelos que se esconden tras unas palabras que resumen toda la filosofía cristiana, cargadas de significado, y ambiguas a la vez. La grandeza de las citas que me aportaba se encontraba justamente en la diversidad de interpretaciones que permitían. Yo las analizaba una por una y discutía con él cada posible explicación hasta que nos mostrábamos incapaces de llegar más lejos o hasta que el agotamiento se apoderaba de su cuerpo, envejecido y delicado, y se marchaba.

¡Pobre Silvestre! Cada mañana regresaba un poco más apagado, más viejo, más lento y más frágil, y al anochecer el cansancio era mayor. En él todo iba a más para transformarse en menos, que es lo que a todos nos sucede cuando traspasamos el cenit de la vida e iniciamos la caída. No sé si fue consciente de la gran ayuda que significó para mí contar con él y con sus explicaciones.

—Ya no puedo rebatir tus razonamientos —me dijo un día—. He llegado al punto máximo de mi capacidad y a partir de aquí sólo existe la fe. Para nosotros, los cristianos, la fe es el inicio de lo que se encuentra por encima de la razón.

Sentí un placer indescriptible. Había alcanzado la meta. La fe era la razón de existir de los cristianos. No había otra.

—Mientras ellos crean en ti, serás emperador —me dijo Fausta, una noche, en la cama—. Poco importa que creas en su dios.

—Aquello que puedo ver, tiene sentido; aquello que no veo, no tiene razón de ser. El sol se levanta cada mañana y nos ilumina, mientras que a su dios no le he visto jamás —le contesté.

Las palabras y las explicaciones de Silvestre me hicieron tomar decisiones y firmar importantes edictos. El más importante de todos ellos, sin duda, fue *Manumissio in ecclesia*, que considera que se puede otorgar la libertad a un esclavo en presencia de un sacerdote cristiano y que tiene el mismo efecto que la concedida ante un tribunal civil del Imperio. Y otro, que también ha sido muy bien recibido por los cristianos, dice que un tribunal episcopal puede juzgar a quien decide ser juzgado según la ley cristiana, aunque la causa haya sido presentada ante un tribunal civil.

Pero, no contento con los edictos, aún añadí la orden de construir basílicas y las he dotado de patrimonio suficiente para que puedan mantenerse y sostener a sus sacerdotes. Todas esas fueron decisiones acertadas que tengo que agradecer a las palabras de Silvestre porque, finalmente, Eusebio de Cesarea acabó haciendo un discurso en el que me nombraba el amado por Dios, por su dios, y me confería el premio de participar de su reino celestial, argumentando que yo había recibido los efluvios que emanan de Dios. Dijo, incluso, que el emperador, yo, había llegado a ser razonable por la

Razón Universal, prudente y sabio por la Sabiduría y bueno por la comunión con el Bien.

Milagrosamente, durante siete años, nadie se levantó en armas. Los bárbaros parecían haber aprendido la lección y los persas mantenían buenas relaciones con el Imperio y nada hacía presagiar que la paz peligrase.

En aquellos días conseguí recuperar la economía maltrecha por las guerras, creé el *solidus*, la nueva moneda del Imperio, y dicté muchas leyes y edictos para hacer más agradable la vida de los ciudadanos de Roma.

Fueron años de duro trabajo para mí, pero muy provechosos para todos.

Sólo había un detalle que me llenaba de tristeza. Anastasia, después de la muerte de Basiano, se fue a vivir a Bizancio, lejos de mí, con su hermana Constancia. En las ocasiones en las que visité Oriente, se encerraba en su habitación y no quería ni escuchar las palabras de Fausta. Sólo escuchaba a Crispín, que tampoco consiguió convencerla de su error. Si no hubiese sido por ella, por su odio, bien podría haber gritado que era enteramente feliz.

8 - LA REUNIFICACIÓN

Los godos atravesaron la frontera y nos declararon la guerra casi el mismo día que Crispín cumplía veintidós años. Después de calcular el alcance del peligro, decidí enviarle con la orden de restablecer la paz. Roma era fuerte y no vi ningún inconveniente. Además representaría una buena lección práctica para mi hijo. Yo, a su edad, ya estaba harto de recorrer todo el Imperio.

Sin embargo, la situación dio un giro inesperado cuando los sármatas se unieron a los godos, y las provincias de Iliria padecieron la brutal embestida de los bárbaros del Norte. Campona, Margus y Bononia sufrieron el peor asedio de todos los tiempos. Aquellos bárbaros ya no lo eran tanto, habían aprendido mucho de las derrotas anteriores y se estaban transformando en el proyecto de un ejército que ya apuntaba rasgos de organización.

Los días se sucedieron con lentitud, a pesar de que las noticias llegaban con celeridad para decirme que la situación no era buena. Ordené preparar un nuevo ejército, pero no di la orden de partir. Mi padre no lo habría hecho conmigo y yo no podía hacerlo con Crispín. Pero, entonces, los francos y los germánicos aprovecharon para alzarse en armas y llevar a cabo una incursión que amenazaba la retaguardia de las legiones. Crispín se desplazó hacia el norte para evitar que se unieran a los godos y a los sármatas, maniobra que hubiera representado una derrota total.

Aplaudí esta decisión, más propia de un general experimentado que de un joven oficial. Ya no había ningún impedimento para salir con un nuevo ejército hacia las provincias de Iliria y apoyar su brillante iniciativa. Yo me enfrentaría a los sármatas y a los godos, mientras él se las entendía con los francos y los germánicos. Y nadie, absolutamente nadie, podría poner en duda su valor como soldado.

Unas semanas después Crispín se me unía victorioso. Juntos, padre e hijo, infringimos un castigo tan grande a los godos y a los sármatas que creo que aún no lo han olvidado.

Crispín demostró que era digno de la confianza depositada en él y me sentí orgulloso. En su juventud contemplaba el reflejo de mi imagen, tal como mi padre había hecho conmigo.

Después de reparar el puente de Trajano, atravesamos el Danubio, recuperamos todo el botín que los godos se habían llevado en su vergonzosa retirada y los perseguimos hasta que las súplicas venían acompañadas de llantos y de gritos de dolor. Cuando aceptaron la condición de proporcionarme cuarenta mil hombres cada vez que los necesitase, consideré que la lección estaba aprendida y retornamos a la capital del Imperio tras dejar una frontera en paz.

En Roma las calzadas estaban llenas a rebosar y las flores caían a nuestros pies, los de Crispín y los míos, en una inmensa alfombra multicolor mucho mayor que las que ya conocía por haberlas vivido con anterioridad. Padre e hijo, presente y futuro, recibimos los honores que sólo los romanos saben prodigar a sus héroes. Mi pecho no podía contener mi corazón, engrandecido por el orgullo del vencedor unido al orgullo de padre.

Fausta nos recibió con una fiesta como Roma nunca había visto otra en toda su historia y nuestro hijo Constantino escuchó embobado el relato de las gestas de su hermano. Me sentí doblemente orgulloso al comprobar la rabia que exhibía por ser demasiado joven y no poder participar en las guerras. El primogénito de Fausta mostraba signos de un coraje que, si se mantenía en el campo de batalla, daría al Imperio un buen general. El futuro de Roma estaba asegurado.

La gloria era mía y podía haber recalado en la vida tranquila que me permitía dictar leyes y administrar el Imperio, pero Silvestre vino a verme.

—Nuestros hermanos de Oriente mueren — me dijo—. Licinio ha decretado una persecución y ha olvidado los pactos firmados y tú no puedes quedarte quieto, porque los cristianos confiamos en tu protección.

Acababa de pronunciar las palabras que yo no quería oír.

En mi interior, el combatiente gritó «¡Hay que atacar!», mientras que el pensador replicaba «hay que reflexionar».

Por segunda vez en toda mi vida no se ponían de acuerdo. Y en las dos ocasiones el responsable fue Licinio, el hombre al que yo había perdonado.

En mi alma comenzó una lucha dura y cruel. El pensador intuía que alguna desgracia se escondía tras la guerra, pero el combatiente le recriminaba que no le había permitido acabar con Licinio y le había obligado a pactar. Fue una crítica durísima. Entonces llegué a la conclusión de que, si no atacaba, Licinio, tarde o temprano, reclamaría las tierras perdidas y sería él quien tomase la iniciativa.

—No se atreverá después del enorme castigo que hemos infringido a los bárbaros —me dijo Crispín.

Gabinio y todos mis generales pensaban igual. Y Sóprates. E incluso Fausta.

Mi otro hijo, Constantino, era el único que no replicaba. Su juventud le impedía disfrutar del suficiente criterio para pronunciarse y sólo tenia ojos para la figura del vencedor, del invicto general, su padre, a quien veneraba como el más grande de todos.

—¿Cómo puedes pensar que tú eres el único que ha aprovechado estos siete años para rehacer el ejército? —me preguntó Fausta una noche—: Licinio no es ningún imbécil y la guerra traerá nuevas muertes a las casas romanas.

—Cuídate del hogar y deja la guerra para los soldados —le respondí, tal como años atrás había hecho Maximiano.

Silvestre no dejó de pincharme y acabé creyendo que, si no atacaba, los cristianos dejarían de apoyarme. ¡Y ahora dependía tanto de ellos! Les había encumbrado y les había asignado puestos destacados en la justicia y en la economía. Sustituirlos representaría un descalabro impensable. Se habían extendido como una plaga y las palabras de Licinio resonaban en mi interior: «una garantía peligrosa».

En lugar de escuchar la voz de la razón, hablar con Silvestre e intentar convencerle de la inoportunidad del momento, dejé que el combatiente tomase el mando.

Sin más, sin que en principio existiera ofensa alguna, sin hablar con nadie, ataqué el Imperio de Oriente, pero la predicción de Fausta se hizo realidad, y descubrí que Licinio me esperaba con un ejército de más de ciento cincuenta mil hombres a pie, veinticinco mil jinetes y, lo que era más importante, una flota de trescientas cincuenta galeras que le concedía la supremacía absoluta en el mar.

Licinio había aprendido mucho de mí. Era listo y me había observado con sumo cuidado. De manera que esta vez el factor sorpresa no figuraba entre mis triunfos. Argumentos más que sobrados para retroceder y reflexionar, pero el combatiente ya había tomado la decisión y no podía echarse atrás, porque mi orgullo de general invicto me lo impedía.

Salí con ciento veinte mil soldados hacia Andrinópolis. Poco o nada me importaba que las fuerzas enemigas fuesen superiores en número, porque estaba ciego. A cada reflexión de mis generales, incluido Crispín, respondía que la calidad es un factor decisivo frente la cantidad.

—Nuestros hombres salen del entrenamiento que aporta la realidad de la guerra, mientras que la caballería de Licinio proviene de las provincias de Frigia y de Capadocia —les dije—. De esas tierras puedes esperar hermosos caballos, pero los caballeros son mediocres y están llenos de miedo.

—¿Y la flota? —me replicó Crispín.

—La victoria no llegará por mar, sino sobre tierra firme —le contesté, con rabia. Y añadí—: ¿Tienes miedo?

—Nos veremos en el campo de batalla —me contestó y abandonó la tienda.

Le vi salir y el rencor se apoderó de mi corazón. Se había atrevido a replicarme. ¡A mí! ¡A Constantino el Grande!

Aquella guerra fue el inicio de la ruptura de la sutil armonía de mi interior y la separación de los dos personajes que me habían convertido en invencible, hasta el extremo que se produjo una lucha que agrió mi humor.

Yo contaba con que los años de paz no habrían cambiado a Licinio, que se había convertido en un monstruo a los ojos del pueblo. Los cristianos de Oriente vivían inmersos en el terror y los vicios crecían a pasos agigantados en la corte del emperador, mientras que yo cultivaba la amistad de Silvestre y la comunidad cristiana me concedía todas sus simpatías. Pero Licinio, a pesar de todos sus vicios y de la vida licenciosa que llevaba, continuaba siendo un brillante general, vencedor de Maximino, a quien no podía despreciar por más que el descontento reinase entre sus súbditos. No son los súbditos los que luchan en la guerra, sino los soldados.

Licinio había aprendido que una de las razones por las que el ejército manifiesta su fidelidad es el dinero que recibe, razón que le conducía a sangrar el pueblo con impuestos y a engordar el ejército con buena comida, buen vino y mejor paga.

Aún recuerdo, como si fuese ahora mismo, la mirada de superioridad que dirigí a mis generales cuando llegamos a Andrinópolis y mis suposiciones se hicieron realidad: la caballería enemiga era hermosa y se adivinaba enseguida que los jinetes no podían ni compararse con los nuestros.

Elegantes en un desfile, nunca soportarían el ataque de soldados forjados en las salvajes tierras del norte.

Pero, por contra, la flota era muy superior a la que podíamos esperar. Las galeras provenían de Chipre, de Fenicia y de Bitinia. Las mejores de todo el Imperio. Tenía que admitir que en el agua estábamos perdidos. Sin embargo, lejos de darle la razón a Crispín y de reconocer que la batalla teníamos que ganarla en los dominios de Neptuno y que yo sólo contaba con doscientos barcos pequeños, le nombré almirante de la flota.

Andrinópolis fue una batalla dura y cruel, que gané por méritos de buen general y que obligó a Licinio a retirarse hacia Bizancio, pero la poderosa flota de Oriente seguía representando un peligro innegable y omnipresente que podía atraparnos entre dos frentes y acabar con la leyenda viviente en que me había convertido tras diecisiete campañas ganadas, sin una sola derrota. Una imprudencia y una temeridad que pendían de un hilo, de lo que Crispín fuese capaz de hacer. ¿Y qué podía hacer, ante una flota dos veces superior en número de naves y veinte en calidad y fuerza?

Lo vi claro como la luz del día. Todo estaba perdido. Y, en el último instante, imploré un milagro. Yo, que no creía en ningún dios, imploré un milagro, mientras el enemigo aguardaba en Helesponte la llegada de Crispín y la victoria ya era cantada por todas las voces que se unían alrededor de Amandus, general invicto de la flota asiática.

Aquella mañana Eolo se levantó malhumorado y llenó de bufidos los cielos. Con el corazón en un puño contemplé cómo temblaban las tiendas e imaginé las velas de nuestros pequeños barcos, que no sabía si podrían soportar el envite.

Y volví a rezar al dios de los cristianos.

Y por si aún era poco, Neptuno, enfadado con un dios que se atrevía a perturbar su paz, clavó el tridente en el fondo del mar y removió tierras y rocas. Se alzaron inmensas olas, grandes como montañas.

«Todo se ha perdido», pensé. «Aquí se acaba el orgullo de Constantino».

Tan grande fue la tormenta que las poderosas galeras de Amandus se convirtieron en pobres troncos a la deriva. Sin embargo, las naves de Crispín, con el viento a su favor, parecían tener alas y llegaban a todas partes con extrema facilidad. Mi hijo vio la posibilidad de romper la flota enemiga en pedazos y la aprovechó porque, si bien no tenía la experiencia de su oponente, era despierto y sabia aprovechar las circunstancias.

Ciento treinta galeras se hundieron en un abrir y cerrar de ojos, más de cinco mil hombres habían perdido la vida casi antes de comenzar la batalla y en las filas enemigas todo iba manga por hombro. Amandus salvó la piel y alcanzó las tierras de Calcedonia, pero en unas condiciones tan deplorables que significaron la pérdida de más de la mitad de sus fuerzas y unos daños imposibles de reparar en poco tiempo. Crispín, por contra, casi no perdió ningún barco, la victoria fue absoluta y total y Helesponte quedó libre y expedito para que viniese a mi encuentro y me ayudase a coronar el sitio de Bizancio.

El milagro se había producido y yo contemplaba las puertas de la capital de Oriente complacido y orgulloso. El Imperio entero estaba a mi alcance. Una vez más había ganado y llegué a creer que todos los dioses me favorecían, que era el enviado de los cielos y que nada ni nadie podía detenerme.

Nuestros soldados se lanzaron con tanta furia sobre las murallas de Bizancio que Licinio huyó, temeroso de que aquellas piedras no se le echasen encima, y la ciudad me rindió homenaje cuando su emperador aún no había llegado a Calcedonia para poder rehacer un ejército de despojos.

Licinio aún buscó aliados y nombró Martiniano como su césar, mientras conseguía un ejército de cincuenta mil hombres. Una nueva batalla se preparaba.

No podía perder tiempo, porque la velocidad ha sido mi mejor arma a lo largo de todas las guerras. La velocidad me proporcionó la victoria ante Maximiano, Majencio y todos los bárbaros del norte. Y con ella tenía que contar.

Chrysópolis fue la última de todas las batallas. Veinticinco mil hombres perdieron la vida en el bando contrario.

Aquella última batalla fue una matanza, un sacrificio y un desastre que llenaba de dolor los hogares romanos, tal como había vaticinado Fausta, pero que ya no dejaba ninguna salida a Licinio. Su credibilidad había caído más abajo que la mayor de las profundidades marinas. Nicomedia entró de nuevo en mi vida porque es aquí donde él se entregó a mis soldados.

¡Pobre Licinio! Volvía a ser un campesino. Cuando mis soldados me lo trajeron me senté en el que había sido su trono. Allí, abajo, se veía pequeño y tenía que levantar la cabeza para mirarme.

—¿De verdad creíste, aunque sólo fuera por un instante, que podías vencer al Gran Constantino? —le pregunté, procurando humillarle.

—Tú no eres el grande, sino los dioses que protegen a Crispín —me contestó, con orgullo.

¡Hijo de mala puta! Había tocado mi punto débil. Él, delante de mis generales, me humillaba, concedía la victoria a mi hijo y me la robaba a mí.

Le insulté. Lo tildé de traidor, de mentiroso, de falso, de campesino, de vicioso, de cruel, de ambicioso, de abyecto, de podrido... y de todo lo que me vino a la cabeza y ordené que le encerrasen en la celda más oscura, sucia, escondida y nauseabunda que encontrasen. ¡Con los ladrones y los criminales!

El Imperio se había reunificado. Atrás quedaron todos los cadáveres de todas las guerras que me habían conducido hasta al poder absoluto. Miles y miles de cadáveres. Pero a mí las cifras me dejaban indiferente. Había llegado a un extremo tan alejado de la más leve humanidad que añadir unos cuantos muertos no representaba más que cambiar una cifra, fría y gélida. «La victoria, el resultado final es lo que cuenta», pensaba. «El resto sólo son anécdotas para los libros de historia».

Larga ha sido mi vida. Tan larga que me ha sobrado tiempo para llenar mis manos de sangre, hasta que no queda ni una uña sin que el color rojo la cubra por entero. Sí, los ojos se me han inundado del color escarlata de este fluido vital y el hedor seco me acompaña, transpira por la túnica que cubre mi cuerpo y no puede desaparecer ni con la ayuda de todos los perfumes de la tierra, porque ya impregna mi alma.

—No puedes matarle —me imploró Constancia, de rodillas—. Es mi esposo, el padre de mis hijos. Ya hubo bastante con Basiano.

—Basiano murió en el campo de batalla.

—Pero Licinio vive y está en tus manos. Su vida sólo depende de ti.

—Le perdonaré la vida si ejecuta a su césar Martiniano —respondí.

—Y morirá prisionero.

—No. Le desterraré a Tesalónica. Lejos de la corte. Donde no represente ningún peligro.

Martiniano murió aquella misma tarde. A Licinio poco le importaba su césar con tal de salvar la vida y conformarse con el destierro a Tesalónica, después, naturalmente, de renunciar a la púrpura a mis pies, mientras yo volvía a humillarle haciendo gala de una complacencia enfermiza.

Le obligué a abdicar ante el pueblo y sus palabras se vieron ahogadas por el griterío de la gente que llenaba la plaza y que me aclamaba. Incluso le di la espalda mientras hablaba y ordené que un soldado cualquiera recogiese su espada.

Finalmente, sin mirarle, hice un gesto despectivo con la mano para que se retirase y, entonces, me volví hacia la plaza para recibir las aclamaciones de la multitud.

Dos semanas después, cuando Licinio ya había llegado a Tesalónica, llamé a Prótulo.

—¿Crees que Licinio intentará regresar? —le pregunté.

—No lo creo.

—Me han dicho que prepara alguna jugada con los bárbaros del norte.

—Yo no he oído nada.

—Tendrías que prestar más atención. ¿No crees?

Prótulo asintió y se marchó. No necesitaba más palabras. Majencio fue un idiota que no respetó la palabra dada a Severo, y Galerio nunca se lo perdonó, pero yo ya no tenía a ningún emperador a quien rendir cuentas ni ninguna persona del Imperio estaba ni por encima ni al mismo nivel que yo. A pesar de ello, decidí actuar con astucia para que nadie pudiese decir que la palabra de Constantino no vale nada. Consciente de que las leyendas han de mantenerse a cualquier precio, Licinio tenía que morir, pero no gratuitamente.

Unos días después me llegó la noticia sobre un altercado entre los soldados de Tesalónica. Parecía que había un complot entre Licinio y los bárbaros del norte.

Me desplacé con un reducido ejército y restablecí la paz. Licinio fue detenido y encarcelado a la espera de juicio. Un juicio rápido, sin ninguna posibilidad de defenderse, con pruebas irrefutables construidas con habilidad. Y a la mañana siguiente su cabeza rodó por los suelos.

A los ojos del pueblo no había roto la palabra, pero Fausta conocía la verdad. Y todos aquellos que participaron en la puesta en escena de la tragedia, también. Y la gente tiene ojos, tiene oídos y puede pensar.

Difícil es mantenerse en una línea recta cuando el entorno ha sido dibujado con curvas. Y fácil es caer en la trasgresión de todas las leyes cuando ya has comenzado. Nunca, hasta aquel momento, había roto la palabra dada; nunca, hasta aquel instante, había utilizado el engaño; y nunca, hasta entonces, había descubierto el alcance de la ambición del hombre que vivía dentro de mí. ¡Quería la eternidad! Naturalmente que la quería, pero quería la eternidad en la tierra, y no la sabiduría; quería perpetuar mi estancia en el mundo, y no podía tolerar que nadie me hiciese sombra, para que el calificativo de grande lo fuese en todos los aspectos, y para todo el tiempo.

¡Yo era invencible!

Sin embargo, si no me hubiese dejado cegar por la gloria de la victoria, habría descubierto que, si bien había derrotado a Licinio en el campo de batalla, él me había vencido en dos terrenos, mucho más sutiles y peligrosos: su espada había herido gravemente el cordón que unía el filósofo y el combatiente y, además, sus palabras acababan de crear un abismo entre Crispín y yo, porque no podía aceptar que la gloria final perteneciese a mi hijo.

¡Idiota de mi! No fui capaz de ver todo lo que podía significar un acto tan sencillo, tan simple y tan poco importante —tal como yo lo califiqué— de romper por primera vez algo que se había convertido en sagrado y en leyenda: la palabra de Constantino el Grande.

9 - ¿DE VERAS EXISTE LA ETERNIDAD?

Una noche Teófilo ordenaba los mapas. Siempre lo hace. Le gusta contemplar los dibujos. Estábamos solos y de pronto dijo:

—Una gran victoria la de Helesponte. Gracias a tu hijo eres el único emperador.

Me levanté con rabia y estrellé mi puño contra su rostro con toda la furia de que fui capaz. Cayó de espaldas y le cubrí de patadas hasta que se escondió detrás de unos escudos. Sangraba por la boca y por la nariz y su mirada reflejaba el terror.

Yo nunca le había golpeado. ¡Nunca! Y aquel día casi lo mato.

Se escabulló y se escondió en la pequeña habitación que le servía de dormitorio.

Una hora después entré. Teófilo se asustó y cayó de rodillas a mis pies. Lo levanté.

—¿Te duele?

Negó con la cabeza. Le faltaban tres dientes, tenía la nariz rota y el cuerpo cubierto de morados. Tomé la esponja y le lavé la sangre seca que aún cubría sus labios.

—Me duele mucho más no saber lo que he dicho o lo que he hecho para ofenderte de esta manera.

—No soy emperador por la gracia de nadie. Crispín tuvo suerte en Helesponte, pero soy yo, únicamente yo, quien ha conquistado el Imperio. ¿Lo has entendido?

Asintió con la cabeza y desvió la mirada de mis ojos. Contemplé sus heridas y sonreí.

—Y ahora ve a ver a Ticinio y le dices que procure arreglar todo este desaguisado.

No me di cuenta de que Fausta había cambiado. Tampoco fui consciente de que aprovechaba mis indecisiones y contradicciones para ensalzar a sus hijos. Sobretodo a Constantino. Aplicaba la misma táctica que Teodora con mi padre. Sólo que Fausta era más sutil. Y lo más curioso es que somos capaces de ver enseguida el defecto en los demás y, sin embargo, cuando se trata de nosotros mismos... Los cristianos tienen una frase para eso. Algo así como que vemos la paja en el ojo ajeno y no vemos la viga en el nuestro. También es cierto que quien persigue algo de ti, procura que no veas nada.

—Eres el más grande de todos los emperadores que han existido y que existirán —me repetía Fausta constantemente—. Eres quien ha reunificado el Imperio, quien ha retornado a Roma la grandeza del pasado, quien ha ganado todas las batallas y quien será recordado por la historia. Has alcanzado la eternidad.

Poco a poco, relegué Crispín a la celda de los inoperantes y, finalmente, le quité el mando del ejército. No podía aceptar que el viento hubiese sido su aliado en Helesponte y que el pueblo gritase su nombre y le convirtiese en el nuevo héroe, siendo sus vítores mayores que los míos. Sin darme cuenta estaba asistiendo a mi primera derrota y Licinio se erigía en el gran vencedor.

Cambié todos los planteamientos que había hecho respecto al futuro del Imperio. Me había vuelto ciego y sordo ante los hechos, cuando las conclusiones de mis razonamientos me conducían, una y otra vez, al mismo punto: la eternidad no es individual ni nos pertenece; no es una conquista ni un derecho, sino un deber que tenemos con el universo.

¡Dioses! No era capaz de ver que estamos condenados desde el nacimiento a ser eternos, pero no a vivir una eternidad personal, sino a fundirnos con la eternidad de todo lo que nos rodea. Crispín, mi hijo, tenía que haber sido mi continuidad, pero no podía aceptarlo bajo ningún concepto porque mi soberbia me lo impedía, y me volví contra él. Vivía un mar de confusiones. Un día se lo concedía todo, y al día siguiente se lo quitaba, mientras Fausta sonreía, me daba la razón y jugaba con sus propios dados.

Una mañana, tras una inspección rutinaria, recibí recado de que Fausta me rogaba que acudiese a sus aposentos. Fui y ella me recibió con lágrimas en los ojos. Le pregunté qué sucedía y me mostró el puñal que Crispín había traído de Bitinia, y que siempre llevaba consigo. Con voz rota, me explicó que ya hacía tiempo que mi hijo la rondaba, que ella siempre se lo había tomado como una broma sin importancia, pero que anoche se presentó en sus aposentos y la amenazó. Me quedé de una pieza, incapaz de reaccionar. Miré a las criadas y ellas asintieron, corroborando sus acusaciones, y me explicaron que unos gritos las habían despertado y que, cuando llegaron a la habitación, encontraron a la emperatriz con el vestido roto, el rostro cubierto de lágrimas, la puerta abierta y el puñal en el suelo.

Salí despacio, incrédulo. Me quemaba el rostro a causa de la ira y mi mente era un amasijo de pensamientos que se atropellaban unos a otros, sin orden ni concierto. Bajo la túnica guardaba el puñal y, al llegar a mi despacho, ordené que buscasen a Crispín y que lo trajesen a mi presencia.

—Es mío. Creía que lo había perdido —dijo Crispín cuando se lo enseñé.

—¿Quizás ayer noche?

—¿Ayer noche?

—Cuando visitaste a Teodora.

Se quedó mudo. Me miraba y no sabía qué responderme. Finalmente dijo:

—Anoche no lo llevaba conmigo.

—¿Qué fuiste a hacer a la habitación de la emperatriz?

—Ella me mandó llamar.

—¿Por qué?

De nuevo se quedó en silencio. Me habían informado de que Crispín llegó a sus estancias muy tarde y bebido, muy bebido. Ya hacía días que bebía en exceso, desde que le había quitado el mando del ejército, y ahora no era capaz de contestar.

Enloquecí de rabia y ordené detenerle y mantenerlo aislado.

No tardé demasiado en tomar decisiones. Fue un juicio rápido. Él ni siquiera se defendió. Sólo me miraba y guardaba silencio. Todas las pruebas le incriminaban, ningún argumento podía salvarle, pero es que yo tampoco lo hubiese escuchado. Helesponte pesaba demasiado en mi memoria.

Sólo dos días después de ser detenido, murió ajusticiado.

Helena, su abuela, la única que tenía poder para hacerme reflexionar, se encontraba lejos y llegó cuando todo había concluido.

Dos años más tarde, cuando todo parecía olvidado, mi madre vino a verme, salió en defensa de la memoria de Crispín, acusó a Fausta de ser ella quien le había seducido y aportó pruebas. Le acompañaba un criado, convertido al cristianismo, que confesó que todo había sido un complot y que él había robado el puñal para entregárselo a Fausta.

¡Menudo desastre! Los cristianos tienen grandes virtudes, pero, a veces, la mayor de las virtudes se erige en el peor de los defectos. El criado, al recibir el bautismo, confesó todas sus faltas y la penitencia que le impusieron fue que restituyese el honor de quien por su culpa había sido mancillado.

Le escuché y me asusté. «Muerto Crispín, ¿qué importancia puede tener que sucediese de una manera o de otra?», me pregunté. «El mal ya está hecho, nada puede remediarlo y no hay que remover las cenizas», me engañaba. ¿Qué podía hacer? Si escuchaba al criado, tenía que condenar a Fausta. No tenía sentido. Sería un escándalo que también me salpicaría a mí.

Sin embargo, mi madre no aceptó mis razonamientos y aún aportó pruebas de los amores de la emperatriz con un joven esclavo. Tanto y tanto insistió que, finalmente, tuve que llamar a Fausta, quien, ante el alud de pruebas, confesó.

No podía creerlo. Desde hacía cinco largos años, sus estancias privadas se habían convertido en el marco de sus amores furtivos. Y lo confesó todo, incluso que ella sedujo a Crispín. Le arrastró con engaños hasta el lecho y le amortajó con la sábana de la traición. Al escuchar su confesión, se me vino el mundo encima. «¡Qué desesperación, al descubrir la verdad!», mentí. ¡Claro que mentí! Yo ya había intuido aquella verdad, cuando condené a Crispín, pero la había tapado para no enfrentarme con la cruda realidad.

El gran Constantino... Casi me da risa el pensamiento de la grandeza de un hombre que fue incapaz de escuchar, y de creer en la inocencia, y que ajustició a un hijo con toda la frialdad del mundo. Y todo por soberbia.

«No puedo juzgar a Fausta», me dije. «Significaría tanto como reconocer públicamente mi error, pero tampoco puedo dejarla sin que la justicia la alcance a los ojos de mi madre».

Entonces, tomé una nueva decisión. «El juicio será secreto, la sentencia nunca pronunciada por los labios y la ejecución correrá a cargo del verdugo más silencioso y que más fielmente puede guardar un secreto: Constantino. De hecho, sucias ya las manos, un poco más de sangre no añadirá nada», me consolé. «No hay otra solución», me convencí. Porque una vez descubierta la traición... ¡Y con un esclavo! Un vulgar esclavo que sólo tenía como virtud su juventud...

Aquella tarde me dirigí a las habitaciones de Fausta y esperé hasta que ella llegó. Entre fingidas caricias la conduje hasta el baño que las doncellas habían preparado por orden mía, sólo que yo había añadido más agua a una temperatura que casi me quemaba las manos.

En el último instante Fausta se dio cuenta de que mi insistencia para que tomase aquel baño escondía secretas intenciones y quiso resistirse, pero mi brazo, vencedor en cien combates, la obligó a entrar y sus gritos fueron ahogados por el agua que la cubrió por completo.

Allí la dejé. Al día siguiente las esclavas la descubrieron y vinieron a comunicármelo con lágrimas en los ojos, mientras yo corría desesperado para comprobar con mis propios ojos lo que me comunicaban. ¡Cuanta mentira, cuanto engaño!

Fue un combate ignominioso, entre el gran Constantino y una pobre mujer indefensa, y una nueva victoria que añadir a mi largo historial.

El plan resultó tan perfecto que me permitió condenar a todas las criadas y a todos esclavos que estaban a su servicio, presa del falso dolor que me embargaba. No fue a muerte, naturalmente, que los condené, sino un castigo por su negligencia, por dejarla sola en el momento del baño. Ellas murieron durante el destierro y ellos en galeras. Pequeños accidentes que les impidieron acabar su condena y, menos aún, explicar a nadie la realidad de los hechos. El nombre de Constantino quedaba a buen recaudo y el secreto celosamente guardado por el silencio de la muerte. Sólo el culpable de todo aquel infortunio, el esclavo y amante de la emperatriz, murió ajusticiado, después de ser torturado y descuartizado por soldados germánicos de mi total confianza. Sin juicio. Sin publicidad.

¡Oh, madre! Tú sentías debilidad por Crispín. Nunca habías podido disimular, porque en él veías mi imagen y podías intuir el amor que había existido entre Minervina y yo y sabías que el dolor me llenó cuando ella me dejó. La fuerza y la vehemencia con que le defendiste, en un desesperado intento por guardar su recuerdo, acorraló a Fausta, a quien tú odiabas aunque quisieras esconder tu odio en la cueva del perdón cristiano. ¿Por qué lo hiciste, madre? ¿No te diste cuenta de que Fausta, viéndose perdida y habiendo cometido el error de confesar que había arrastrado a Crispín hasta su cama, arremetió contra ti, contra mí y contra todos y ahogó en sangre mis manos?

Ningún emperador puede perdonar una ofensa que sea pública. Él es el espejo del Imperio y ha de ser respetado por el pueblo y por él mismo. Fausta murió suplicando el perdón en nombre de nuestros hijos, maldiciéndome y luchando, mientras mis manos la obligaban a sumergir la cabeza en el agua, hasta que toda resistencia desapareció y su cuerpo quedó inerte.

Una vez acabó todo, sentí toda la repulsión imaginable al verme convertido en el ejecutor de un crimen fruto de otro, que yo también había bendecido. Sentí el remordimiento cuando todo ya estaba hecho, después de haber planeado su muerte con el más mínimo detalle y haberla ejecutado.

¡Maldito Constantino! A cambio de la sangre vertida por culpa de una promesa rota, Fausta se llevó lo que más amaba. Mi hijo, el legado de Minervina y mi futuro. Por ello la maldigo.

Pero... ¿de qué puedo quejarme? De hecho, la violencia engendra violencia y la sangre se vende a precio de sangre en el mercado de la vida. Nunca ha sido de otra manera. Y tu, madre, enardecida por las prédicas de los cristianos, sublimaste el amor que sentías por Crispín y me cerraste las puertas a toda posible salvación. No la de Crispín o la de Fausta, sino la mía.

¡Dioses! Siento las manos untadas de sangre y el corazón repleto de odio hacia mí. Si hubiese dejado la historia interrumpida antes del último paso, el que me permitió conquistar el Imperio entero, ahora, posiblemente, no estaría donde estoy y Crispín y Fausta seguirían vivos.

¡Oh, Minervina! Si de veras existe la eternidad, tal como la dibujan los sacerdotes, te buscaré por dónde sea hasta encontrarte. Ya estoy harto de tanta mentira, de tanta falsedad e ignominia, de tanta traición, de tanta ambición y violencia, de sangre, de suciedad, de ausencia de paz,... Contigo aprendí a amar, porque me hice hombre amable entre hombres violentos, crecido en los campos de batalla y sin un pecho que me acogiese, sin unas manos que diesen calor a las mías y sin un regazo donde reposar mi cabeza. Sólo tú sabías escucharme y proporcionar descanso a este cuerpo que me ha servido de soporte todos estos años.

¡Maldita Fausta! ¡Mil veces maldita!

Pero... ¿qué digo? ¿Aún busco víctimas que carguen con la culpa que sólo me pertenece a mí? Pobre Fausta. Incluso muerta la obligo a escuchar mis maldiciones...

¡Cuánta falsedad! ¡Cuánta cobardía!

Contigo, Minervina, aprendí a amar, y con la muerte de Crispín olvidé cualquier sentimiento leal. Con él murió la parte más importante de mi ser: el amor. Y a Fausta la condené yo, al consentir que Licinio muriese ajusticiado en virtud del engaño. Estoy seguro de que Fausta nunca habría intentado apartar a Crispín para elevar a sus hijos, si hubiese visto en mí el hombre que creía que yo era.

Hija de Maximiano, no me costó mucho encontrar argumentos y acusaciones en el hecho de que había mamado de las fuentes de su progenitor y la taché de calculadora hasta el extremo de aceptar la muerte de su hermano Majencio con la frialdad de un experto en geometría, sin tener en cuenta que ella había escogido mi amor y había permanecido a mi lado. Incluso —recuerdo que llegué a pensar— Euclides demostraba más sentimientos cuando explicaba la correspondencia y las proporciones de los segmentos, y había más humanidad en el teorema de Arquímedes que en toda la vida de Fausta, aunque hubiese parido seis hijos. Y es que no los amamantó, aún me atreví a añadir. Esposa de un emperador, buscó buenas matronas que alimentaran nuestros hijos, la menosprecié, olvidando que también lo había hecho para poder estar junto a mí.

Fausta fue una excelente esposa durante muchos años, y yo, en aquellos tristes días quise tapar, a cualquier precio, mi pecado y busqué razones para que el crimen no fuese más que una ejecución fruto de un acto de justicia.

La desaparición de Crispín también marcó la definitiva separación de los dos personajes que viven en mi interior. El combatiente aceptaba la muerte de mi hijo y aplicaba el principio de «acto ejecutado, acto asumido», pero el pensador nunca ha podido olvidar ni tapar la culpa. Y yo, el tercer puntal de la trinidad, jamás he conseguido asumirla.

Los dos puntales de mi existencia cayeron, se hundieron, y aquel que yo creía que sería el tercero también se desmoronó. Fausta había sido durante un tiempo tu perfecta sustituta, Minervina, y, con su desaparición, he caminado perdido en busca de un perdón que nadie ha sido capaz de concederme.

Desde aquel día mi vida se ha convertido en prisión y condena.

Hace apenas un instante, entre sueño y vigilia, he tenido una visión y he hablado con Crispín. Le he visto, y él me miraba. De pie, ante la puerta, me invitaba a seguirle, a levantarme e irme con él a otra dimensión. He creído ver que me sonreía. Y Fausta también ha venido. ¿Por qué?

¡Oh, dioses! No puedo apartar de mi mente esa visión espectral. Sus imágenes han truncado mi pequeña siesta. Los cielos ya no son benignos con mi cuerpo y sólo me conceden ligeros desvanecimientos que se alargan durante todo el día. En estos últimos años, a veces, me he despertado en medio de una sesión del senado, cuando alguien pronuncia una palabra más alta que otra, y me he sentido ridículo, perdido, desconocedor por completo del tema que se debatía.

Debería pedirles perdón. Y a ti también, Minervina. Y a mi madre. Y a muchos más.

Tú, si hubieses vivido, me habrías proporcionado el equilibrio necesario para poder hacer frente a muchas decisiones equivocadas. Cuando no podías convencerme con argumentos, lo hacías con caricias. De ti aprendí que el hombre necesita algo más que la pura satisfacción del sexo para encarar la vida y que con el acto mecánico de aparearse no basta. Tú me hiciste ver que somos nosotros, los hombres, que ponemos la semilla en vosotras y que el hijo será nuestra continuidad, nuestra contribución a la vida. Pero yo maté mi continuidad porque tú, mi gran amor, habías desaparecido. Y me pregunto: «¿Podemos imaginar mayor castigo, para un hombre, que contemplar como su continuidad muere?» Fausta conocía la respuesta y me castigó imponiéndome su continuidad.

A partir de aquel desgraciado día el amor se ha reducido a dormir con todo tipo de mujeres, particularmente durante las campañas, en el campo de batalla, donde he dispuesto de maneras y maneras de satisfacer el picor de los testículos con las esclavas, las campesinas y las mujeres de los enemigos abatidos. Las primeras obligadas a calentarme la cama, tributo debido al deseo del amo; las segundas atraídas por un cuerpo que creían que pertenecía a un dios viviente, y que las deslumbraba; y las terceras tenían que plegarse al capricho del vencedor, aunque gritasen o se defendiesen. Con todas ellas —unas con sumisión, otras con devoción y las últimas con resignación— he buscado el placer, pero no he hallado el amor que había nacido contigo y continuado con Fausta durante los años de paz en los que ella participaba de mis conversaciones con Silvestre y se hacía cargo de todas las cuestiones de palacio.

Tú, Minervina, fuiste un descubrimiento: una brisa suave que acariciaba mi cuerpo; la cálida llegada de una primavera llena de rocío; la ternura de una segunda piel que se superponía a la mía y me transportaba hasta los campos de Germania, como cuando la nieve cubría el paisaje y el cuerpo se acurrucaba bajo de la capa de piel en busca de calor. A tu lado podía cerrar los ojos y perderme en la dulzura del sueño, sin temor, con la confianza que velarías por mi descanso. Y, más tarde, con Fausta encontré la perfecta emperatriz, siempre atenta al más mínimo detalle, presente a mi lado en todo momento, haciéndome reflexiones y confidencias que me permitían tomar decisiones más acertadas. Roma ha sido siempre un nido de intereses y ella se movía con una habilidad que ningún hombre ni siquiera podía soñar.

Años después de la muerte de Fausta, ordené ajusticiar a Liciniano, sin tener en cuenta que era el fruto de la unión de mi hermana Constancia con Licinio, que también había muerto por orden mía. Uno y otro se suman y al fin descubro que donde deposito la mirada la sangre se alza en torrentes, desde el día que murió Fausta, después de haber perdido a Crispín, día en el que yo me convertí en un ser diferente, violento, resentido y receloso de todo y de todos, y empecé a aplicar una ley que no figura en el código, pero que recuerda los viejos tiempos, los tiempos de la autoridad absoluta, de la ley del emperador y del desbarajuste que tan tristemente había hecho famoso a alguno de mis antepasados.

¡Qué desesperación! Tras la muerte de Fausta, busqué un nuevo amor que pudiese sustituirla, pero no lo he encontrado. Y, finalmente, cansado, me dediqué de lleno a acabar la gran obra que ya había comenzado: la nueva capital del Imperio.

*** ***

Seis años invertí en la reconstrucción de Bizancio, que tomó el nombre de Constantinopla. Seis largos años que transcurrieron lentamente, repletos de actos luctuosos y luchas internas que no impidieron que los trabajos progresaran a buen ritmo. Fue el último vestigio del impulso creador

188

que venía de muy atrás, y que ya empezaba a decaer, hasta que murió. Durante estos años convoqué el concilio de Nicea, firmé la sentencia de muerte de Crispín, maté a Fausta y firmé una nueva sentencia de muerte con el nombre de Liciniano. Creación y destrucción se han dado la mano y juntas han caminado.

Constantinopla quintuplicó Bizancio, y la muralla que lleva mi nombre rodeó lo que se ha convertido en la capital del Imperio y en el centro religioso e intelectual. Sobre la segunda colina, justo donde asenté la tienda cuando luchaba contra Licinio, ordené edificar el foro principal, y en cada una de las puertas se levantó un arco del triunfo, mientras que los pórticos se llenaban de estatuas y en el centro ordenaba disponer la gran columna que soporta la escultura de Apolonio, traída de Atenas. Una obra en bronce que transformé hasta convertirla en una imagen de mi ambición desmesurada: el gran coloso de pies de barro que guarda la grandeza del hombre más pequeño de la tierra, porque Liberio, Silvestre, Praxíteres y Eusebio me han mostrado que la verdadera grandeza proviene de la sencillez.

Cierro los ojos y repaso cada una de las magnificencias que coronan esta ciudad y descubro mi ambición en cada una de las piedras, de los obeliscos y en cada rostro de cada estatua que llena el circo, verdadera construcción colosal que no tiene nada que envidiar al Coliseo: cuatrocientos pasos de largo por cien de ancho.

El pueblo se quedó embobado al ver el resultado final, y hoy aún lo está. Y, detrás del circo, ordené edificar el palacio, al que accedo por una escala de caracol. Los mejores mármoles, las más ricas cerámicas, el oro, la plata y el bronce viven rodeados por los inmensos jardines que van desde el circo hasta la basílica. Digna residencia del más grande de los emperadores, pensé cuando las obras ya estaban a punto de acabarse. Y todo para mí, para Constantino el Grande.

El mármol llena las columnas de los baños de Zeus y sesenta estatuas guardan sus aguas; un capitolio alberga la escuela de ciencias; dos teatros sirven de marco para las representaciones de las obras de los griegos y de los romanos; ocho baños públicos permiten que los placeres de los ricos alcancen a todo el mundo, para equilibrar los ciento cincuenta y tres baños privados; cinco graneros públicos aseguran la despensa de la población y almacenan la carga de los numerosos barcos que llegan, mientras que ocho acueductos acarrean todo el agua que necesitamos para mantener esta inmensa grandeza coronada por cuatro palacios de justicia. Y como legado para los cristianos, que creyeron en mi visión imaginaria, catorce iglesias dan réplica a los catorce palacios que han sido ocupados por los patricios de la ciudad y a las más de cuatro mil casas de los nobles.

—¿Qué es todo ello, si lo dividís entre las ciento dieciséis provincias con que cuenta el Imperio? —contesté cuando los contables vinieron a verme, asustados.

Ahora, cuando la muerte llama a mi puerta, me pregunto: ¿para qué servirá? Y sonrío.

La intención fue buena, si sólo me fijo en las razones que argumenté ante mis ministros. Y continua siendo buena si recuerdo el espíritu primitivo que me hizo pensar en este cambio: Roma, demasiado envejecida por los años y demasiado sucia por la corrupción, tenía que dejar paso a una nueva capital, símbolo de una nueva era llena de sentimientos nobles y loables, donde los pecados de una sociedad decadente desaparecerían. Pero, acabada la reconstrucción, hice donación de buena parte de las casas y de los palacios a los nobles de Roma y les invité a vivir en la nueva capital. Presentes y regalos y la exención de impuestos para los escogidos. Y las mismas personas, que habían alimentado y perpetuado la corrupción en Roma, se trasladaron al otro extremo del Imperio.

Las razones que argumenté ante mis ministros para escoger Bizancio y convertirla en la nueva capital del Imperio eran correctas.

—El emplazamiento en el Bósforo permite una magnífica defensa y propicia los intercambios y los negocios —les expliqué con el mapa sobre la mesa—. Mirad: un paso largo y tortuoso impide el ataque por mar y el dominio de las costas de Europa y de Asia nos otorga la supremacía del comercio. Tierra rica y fértil guardada por un puerto grande y seguro... —y después llegaron los argumentos sentimentales, que aún la hacían más amada a los ojos de todos—. Dispone de siete colinas. Ella es, sin duda, la segunda Roma.

Hice un buen trabajo. Nadie podía negarlo y nadie se opuso ni replicó.

Lo que ya no disfruta del premio de la alabanza es el sueño que inventé, aprovechándome una vez más de la credulidad de los cristianos.

Aún me veo, apoyado sobre la antigua muralla de Bizancio, contemplando el llano. Allí se me ocurrió que un nuevo cuento me proporcionaría fuerza de trabajo a bajo precio, y una nueva mentira hizo que el dios de los cristianos ordenase, por boca mía, que Bizancio había de ser la nueva Roma, enviándome la visión de una mujer anciana que se convertía en joven, y que sirvió para que Silvestre creyese que su dios estaba de mi parte, y de nuevo las señales se convirtieron en milagros y las visiones en mensajes divinos.

Fue una gran representación teatral. Casi en éxtasis caminé seguido por los nobles y cuando Adriano me dijo que ya habíamos andado mucho le contesté:

—Ya me detendré cuando la voz interior que me habla me lo ordene.

Todos permanecieron en silencio y nadie se atrevió a interrumpir mi comunicación con el dios de los cristianos para determinar los límites de la nueva capital. Una gran representación que ya hubiera envidiado Esquilo para sus actores.

Es así como conseguí crear todas las escuelas de arquitectos y de artistas, y las provincias pagaron el dispendio, al tiempo que ninguna de las grandes ciudades de Grecia y de Asia ponían el menor reparo al verse desnudas de las mejores estatuas y de los monumentos más representativos. Ellas servirían para proporcionar el esplendor y la magnificencia que una ciudad inspirada por dios merece.

Mis deseos son órdenes, porque para los cristianos yo represento todo un símbolo. Y es que la vida... esta vida que nadie entiende... nos reserva unos papeles que... ¿Quien se lo podía imaginar? Yo, un descreído, tuve que poner paz entre ellos. Sí, yo, el Pontífice Máximo, el fundador de la religión de Mitra, les convoqué en Nicea para que discutiesen sus diferencias.

Más de trescientos obispos reunidos para poder dilucidar una disputa absurda sobre un detalle que a mí siempre me ha parecido insignificante, absurdo y estúpido.

¿Es Jesús de la misma naturaleza que el dios de donde proviene, o no?, se preguntaban los cristianos. ¿Y a mí qué más me da, que sea de una manera o de otra? Lo importante es el Imperio. De manera que ante la posibilidad de una rotura en el sí de la iglesia cristiana, convoqué aquel concilio, porque peligraba la garantía de la unidad de todas las tierras de Roma.

Silvestre ya estaba viejo, cansado y demasiado baqueteado, y no asistió. ¡Lástima! Se perdió un espectáculo que le habría horrorizado, si hubiese mirado con mis ojos. Atanasio cargó contra

Arrio, que dio una lección de coraje y de honestidad al responder a las acusaciones con honradez y sinceridad. Incluso sentí pena por aquel hombre melancólico que quería exponer sus puntos de vista y explicarlos a la luz de la razón, cuando la consigna es que la fe lo puede todo.

Al concluir, sólo dos obispos, de los trescientos dieciocho, le daban la razón. Una razón minúscula que condujo a que el resto le condenase, y también pronunciara sentencia en contra de sus seguidores, sin que yo pudiese afirmar si la condena era con el corazón o producto del miedo a enfrentarse al poderoso Atanasio, secundado por el no menos poderoso Julio que ya había iniciado el camino hacia el pontificado. Pero lo que más me asustó fue el contenido de la sentencia. Daba pánico porque no envidiaba en nada a las que yo he pronunciado para conducir a la muerte a Crispín o, más tarde, a Liciniano, hijo que era de Licinio, y sobrino mío.

Sin tener en cuenta la buena fe de Arrio, el concilio lo excomulgó, ordenó quemar todos sus escritos e, incluso, condenó a muerte a todo el que escondiese dichos textos. ¿Te imaginas lo que significa condenar a muerte para los cristianos? ¿No eran ellos los que predicaban la no violencia?

¡Aquel mismo día me di cuenta de que ya eran como nosotros! Que su religión no podía ser la verdadera. Sóprates ya me lo había dicho: si su dios se lo ordena, matarán.

Guardé silencio y dejé que condenasen a Arrio, a pesar de que yo no lo habría hecho. Aquel hombre no había pretendido otra cosa, y no había cometido otro pecado, que pensar libremente. Pero, la política es la política y mi silencio conseguía dos objetivos importantes. ¡Vitales para Roma! El primero, que quedaba muy claro que yo no había intervenido como no fuese para pedir prudencia y calma; y el segundo, que la unidad quedaba garantizada. La figura del emperador salía fortalecida y la unidad del Imperio reforzada.

Aprendí mucho sobre ellos. Lejos de ser un grupo homogéneo, en el poco tiempo que hace que existen en libertad, ya han tenido que enfrentarse a discrepancias importantes. Es más: casi desde los primeros tiempos, aún viviendo bajo las persecuciones, construían teorías sobre su dios y sobre el enviado de esa deidad: Jesús. Teorías increíbles. Los gnósticos ya crearon en su imaginación los seres neumáticos y los no-neumáticos, diferenciando los espirituales de inspiración divina de los que no lo son. Ellos mismos, dejando atrás el mensaje que su dios había venido para salvarnos a todos, levantaron un muro entre unos y otros. Para ellos, los gnósticos, existe un dios supremo, trascendente, diferente del dios creador del mundo. Se contradicen. Hablan de un solo dios, y lo convierten en dos. Incluso recuerdo haber leído que se constituyeron en sectas diferenciadas y que Basílides no reconocía ninguna unión entre el Cristo y el hombre Jesús, a quien veía como a un ser humano; Valentino consideraba que Jesús era una formación psíquica celestial surgida aparentemente del vientre de María;

Saturnino negaba el nacimiento de Cristo, aduciendo que toda apariencia visible es un fantasma; Montano intentó fundar una comunidad, apartada del mundo, que tenía que esperar la venida de la nueva Jerusalén...

Ante esos hechos y tras asistir al concilio de Nicea, tengo muy claro que los cristianos predican el amor con la boca y si no hurgo ni rasco demasiado pueden llegar a engañarme, pero tengo que dar gracias por no haber caído en la tentación de aceptar la religión cristiana de buen comienzo, sin reflexión.

Me pregunto: ¿Qué es el amor, sino el estado más puro de la comprensión? Y me viene a la memoria tu imagen, Minervina, y me respondo: es la mano que se extiende hacia ti y te pide que andes junto a ella; nunca puede ser el brazo que pretende arrastrarte por el camino escogido por él, ni la boca que quiere embutir sus palabras en tus oídos; es la voz dulce que te pregunta para que tú respondas con más preguntas; son los ojos que contemplan lo que tú miras, porque representan el espejo que te retorna tu imagen, reflejo de la persona amada; es la piel que nunca será frontera, sino puente de unión entre dos cuerpos; es la compañía que no estorba, que te hace sentir que no estás solo; es el anzuelo que saca al exterior lo mejor que hay en ti; es la fuerza que empuja a tu lado, y no enfrente de ti.

Ellos no conciben el amor como un compartir, sino como una imposición de creencias. Para ellos no existe la diversidad, sino la uniformidad de ideas, pensamientos, sentimientos, creencias y maneras de vivir. O estás con ellos o contra ellos; o aceptas el dogma o, en caso contrario, caes en la herejía. Y si no crees, te miran como a un ser inferior y perdido, a quien su dios no ha bendecido con un don imaginario: la fe. El dogma preside su vida y han encontrado el gran secreto que permite que los pobres de espíritu les escuchen y les crean, porque el creer los deja adormilados, y en el sueño hallan la zanahoria de la felicidad. Políticamente son importantes; espiritualmente, pienso, también se han perdido, como todos aquellos que les han precedido.

Durante todos estos años he adorado al sol y he reconocido el poder de Mitra que me ha permitido mantener un equilibrio muy interesante con los cristianos. Ahora, sin embargo, creo que el sol no es ningún dios. Permanece atado al cielo y siempre sigue idéntico camino. ¿Dónde está, pues, su libertad? Yo soy el Pontífice Máximo, mando sobre los siete grados —desde los córax hasta los páters, pasando por los nynphus, miles, leos, perses y heliodromos— y también soy el enviado del dios cristiano. ¿Y qué? Veo claramente que la luna y las estrellas también brillan y que ninguna de ellas tiene poder sobre las nubes, que sólo obedecen a la fuerza del viento. ¿Quién es, pues, el dios más poderoso? ¿Existe, de veras, algún dios?

Dicen los persas —contra quienes he luchado, y les he vencido— que todo está escrito en las estrellas y buscan respuesta a sus pesares a través de unas prácticas muy curiosas y de unos cálculos extraños que disponen la situación de los planetas para su lectura. Dicen que cada hombre nace con la influencia de los astros del cielo y que ellos determinan lo que le sucederá, qué hará e, incluso, cuándo morirá. Recuerdo que, durante mis estudios en Nicomedia, me interesé por esos conocimientos y llegué a consultar con un astrólogo persa, cuyo nombre ya no afluye a mi memoria. De él sólo me queda la imagen de su figura alta y delgada, de su barba blanquecina y de los ojos medio turbios. Leyó las estrellas para mí, y recuerdo sus palabras. Serás hombre poderoso, vaticinó; y lo soy. Viajarás por todo el mundo conocido; y lo he hecho. Tendrás hijos; he tenido siete. Y el sol te guiará; soy el fundador de la religión de la Mitra.

Como muy bien decía Liberio, no hay nada claro, y yo ya no sé qué pensar.

Cada vez que me he sentado un rato en la gran sala del palacio de Roma, en la galería de los bustos, y he contemplado las estatuas de mis antepasados, de los emperadores que me han precedido, y he observado las imágenes de Octavio, el inicio de este imperio, de Julio César, el grande entre los grandes, de Augusto, creador de un nuevo ejército, de Trajano, el mejor de todos los emperadores, de Adriano, virtud hecha sabiduría y sabiduría hecha virtud... y las he comparado con Tiberio, verdadero saco de vicios, con Calígula, el estado más puro de la impureza, o con Nerón, la absurda brutalidad... y he retornado al pasado inmediato y he extraído de la memoria a

Constancio, mi padre, a quien, de joven, había tildado de ambicioso sin escrúpulos, de sediento de poder y de gloria, y que casi no llegó a gozar de la condición de emperador, a Majencio, pobre idiota repleto de ambiciones imposibles para su inteligencia, a Licinio, a Severo, a Maximiano, a Galerio, a Diocleciano..., he descubierto personas dentro de las personas, diferentes caras escondidas que pretenden ocultar otros rostros, y no puedo dejar de preguntarme: ¿Son ellos los eternos, o los bustos pretenden disfrazar su perennidad y engañar a mi mente, haciéndome creer que aún están presentes?

En Nicomedia, hace más de cincuenta años, una mañana pedí, imploré y exigí a Mitra que me hiciera sabio, que me revelase los secretos del universo y de la eternidad. Y ahora todo son dudas. ¿Es eso, la sabiduría? ¿Es la duda constante, tal como decía Liberio?

Sólo sé que las experiencias han sido tantas que he aprendido que caminamos por la vida con un pesado velo opaco delante de los ojos, certero impedimento que no nos permite adivinar dónde acabarán nuestros pasos. Y la experiencia también me ha mostrado que, a pesar de todas las indefiniciones, las vaguedades y las incertezas, si prestásemos un poco más de atención, quizás descubriríamos un apunte en el libro del nuestro existir, una señal en las estrellas —gran libro del universo— o un indicio en nuestro interior —pequeño pergamino que guarda el recuerdo de los actos— que pueden proporcionarnos alguna insinuación, pero que no escuchamos, no contemplamos y en contadas ocasiones la convertimos en motivo de nuestras reflexiones, ahogados y cegados por el deseo de vivir.

Ahora veo en la oscuridad de la noche qué futuro me aguarda. La voz que me llama, y que cabalga sobre el viento, es clara y limpia. Tiene que morir. Éstas han sido las palabras pronunciadas por quien decide la vida de todo el universo. Éste es mi futuro inmediato. Y sé que quien las articula es lacónico y directo. Cierro los ojos y puedo oírle, y verle, y sentirlo junto a mí, muy cerca, tan cerca que mi oído no puede discernir con claridad si ese silbido, pausado y suave, es mi respirar o el suyo. Él es la ley y no necesita andarse con tapujos. Tampoco necesita mover sus labios para que su pensamiento se erija en sentencia y, acto seguido, el ejecutor emprenda el camino sin más dilación.

Me horroriza tanta frialdad. Pero tiene que ser así, y de ninguna otra forma, porque la clemencia no puede vivir en ninguna de las estancias del palacio de su mente. La piedad es patrimonio del imperfecto, de quien puede entender y tolerar que los errores son constantes, y no de quien no es humano. Y él, naturalmente, no es humano. No puede ser humano porque sus leyes son exactas y precisas y no admiten desviación, y se mantiene libre de la insidiosa dependencia de un senado que todo lo estudia, todo lo debate y todo lo modifica, añadiendo nuevas leyes a las leyes y nuevas versiones a la palabra escrita, mientras yo permanezco siempre sometido a los designios de su ley, sin ninguna posibilidad de escapar.

¡Qué diferente de nosotros! Me imagino la mirada del infinito perpetuamente clavada en nuestros actos, que nos contempla como a pequeños seres acostumbrados a interpretar la ley de una manera flexible y a aplicarla con una laxitud tan grande que me ha concedido la complacencia de aprovecharme de toda clase de licencias en función de la conveniencia del momento. El universo, al contrario, no toma decisiones sino que simplemente actúa. Él es la inmensa máquina que todo lo ordena, que todo lo mueve con delicada y perfecta maestría e implacable precisión. Para él no existen las alternativas, sino un conjunto de causas y efectos que se siguen unas a otras sin que haya lugar para la duda. Me resulta difícil reconocer mi condición humana. He vivido pendiente de la vida, preocupado, y demasiado a menudo he confundido los términos y los conceptos y he creído que vivir significa que el cuerpo continúa beneficiándose de la capacidad del movimiento. Y vivir, al fin y a la postre, es sentir, es respirar, es amar, es disfrutar, es... todo, absolutamente todo.

¡Pobre iluso! Ya ves: he desperdiciado un montón de fantasía en la búsqueda de explicaciones y ahora descubro que él sabe que vivo, solamente vivo, y es consciente, y únicamente me concede un sueño: el sueño eterno.

Esta noche Teófilo no quería marcharse y he tenido que ordenárselo con voz de emperador. Le he dicho que me deje solo, que no desperdicie el sueño de toda la noche a los pies de la cama de quien ya poco necesita. Y cuando se dirigía hacia la puerta, cabizbajo y triste, he captado una lágrima que furtiva resbalaba por su mejilla derecha. Lenta, casi avergonzada por no poder complacer mi deseo. Me ha servido fielmente durante todos los días de su existir y, aunque nunca ha sido un hombre de muchas luces, su corazón es tan grande que me resulta casi imposible creer que puede caber en un pecho tan estrecho y esmirriado. Esclavo era y esclavo ha seguido siendo, a pesar de que hace unos años le concedí la libertad, pero él es un pájaro que siempre ha vivido enjaulado y moriría si tuviese que enfrentarse al mundo que nos rodea, porque no sabe hacer otra cosa que servir a su señor. Ni siquiera he conseguido que deje de llamarme amo... Me sigue a todas partes con la fidelidad de un perro y vive pendiente, a todas horas, de los mil detalles secundarios que he delegado en sus manos para que se sienta importante. Pone toda su voluntad en cada uno de los masajes que procuran aportar un poco de vida a mis piernas, sin darse cuenta de que los años le han robado buena parte de la habilidad y de la gracia que tenían sus manos. Además, mal que me pese, el deplorable estado de este cuerpo aleja cada día un poco más las exiguas posibilidades de alcanzar el éxito en una lucha que ya es casi inútil y estéril. Sin embargo, le engaño con una sonrisa y se va contento, cierto y creído que la magia de sus dedos han obrado el milagro, una vez más. Estoy seguro de que se dejaría arrancar el hígado por su emperador. Incluso se lo arrancaría él mismo y me lo ofrecería si supiese que con ese gesto mis días se alargaban. ¿Qué será de él cuando yo no me haya ido? Le quiero tanto...

Tiene que morir. Ha escuchado el verdugo de orejas descarnadas, la sombra que se agazapa en medio del más absoluto silencio, que ni tan siquiera mueve con su paso las tiernas hojas del árbol más joven y flexible del jardín. ¿Por qué tengo que morir?, podría preguntarle. ¿Crees que me contestaría...? Y, bien pensado, es igual, porque ya conozco la respuesta... Siempre es la misma: porque ya he andado suficiente; porque nadie puede transgredir las leyes que emanan de la Ley; porque, a pesar de que no quiera admitir ningún lazo, sigo atado a la voluntad suprema de las leyes naturales; porque mi supervivencia representaría una trasgresión del orden natural; porque ahora ya no existe ningún impedimento, puesto que ya he cumplido con mi función; porque...

Son las mismas respuestas de siempre. Se repiten en cada mortal. Ya las conozco. Quizás el gran verdugo también las conoce, pero no creo que este conocimiento le sirva ni siquiera para silenciar su conciencia. Quien obedece ciegamente no puede disfrutar de estas sutilezas humanas. El enviado es un ejecutor sin sentimientos, sin pensamiento, sin reflexión, sin libertad de elección y sin que la duda alargue su sombra sobre los designios de quien manda. Con un único objetivo: obedecer a la ley y arrancar una vida. En este caso, la mía.

¡Oh, cielos infinitos! ¡Qué frialdad y qué horror cuando lo contemplo con las pupilas del corazón, del sentimiento puro! ¡Qué perfección cuando lo hago con los ojos de la razón!, también he de confesar. Pero a mí, por supuesto, no me está permitido opinar. Ni a mí ni a ti ni a nadie. A ningún condenado se le permite cuando la voluntad llega de fuera, del lugar donde la gracia y la clemencia no forman parte de ningún léxico. Entonces, todas las palabras se convierten en sonidos perdidos, fútiles esfuerzos, pequeñas briznas de un fuego que muere y que, dentro de muy poco, habrá dejado de crepitar para adentrarse en el crepúsculo de su existir. Y, sin embargo, me gustaría alzar un grito de protesta para recordar al ejecutor que a las persones del Imperio —a los ciudadanos romanos— les conceden un deseo, justo antes de acercarse al instante final, si ha sido un juez humano quien ha dictado la sentencia. Sólo los esclavos mueren sin juicio previo, sin que nadie tome nota de sus protestas y sin que puedan demostrar que también poseen el aliento divino de un alma. Pero, ante el ejecutor universal todos somos esclavos y nadie es señor y, menos aún, libre. Para él no existen las personas, no hay voces que protesten ni voto que se pronuncie. Tan sólo sentencia y ejecución, ejecución y sentencia, siendo el tiempo que media entre ambas tan corto que el orden se puede alterar sin que el resultado final sufra el menor descalabro.

Tengo que morir porque ya he cumplido mi función, ha decidido el gran ejecutor.

Conmigo se cierra toda una época y en la última experiencia de eternidad, anoche, capté que el Imperio ya ha caído y que nunca más volverá a levantarse, y a mí se me pide que abra la puerta de un nuevo mundo, de un imperio diferente, alejado por completo de la materia, y menos frágil.

Quizás no ha sido más que un sueño, pero era tan claro y tan real que prefiero creer en él y olvidar los dictados de la razón.

Me he apoyado en los cristianos durante más de treinta años y ahora ya no puedo echarme atrás. Ya es demasiado tarde y sólo me resta desear que ellos sean la semilla de este nuevo imperio. Entonces tendrá sentido dividir el Imperio en cinco pedazos, porque ya dispondrá de un elemento de cohesión que se encuentra por encima de las fronteras físicas y nada ni nadie podrá romperlo. Por lo menos, así lo espero.

Sin embargo, no quiero ponérselo demasiado fácil a Julio. De manera que dejaré que sea Eusebio, seguidor de Arrio, quien se lleve la gloria y me bautice. Es posible que les cueste entender la razón que impulsa mi conversión, después de toda una vida de negaciones, pero no seré yo quien se lo explicará. Que cada cual lo interprete como guste o que lo envuelva con otra explicación divina que tanto les place. A mí ya no me corresponde dar respuestas a los por qué.

¡Pobre madre! Murió entristecida por la muerte de Crispín y por ver en qué se había convertido su hijo. Pero cuando ya la muerte la alcanzaba, aún me dijo:

—Te perdono, hijo. Yo te perdono. Y Dios también te perdonará. Mírale con humildad y rézale con fervor. Él te escuchará.

¡Pobre madre! Su perdón es el único que he conseguido.

Siento la necesidad de pedir disculpas al universo y Eusebio será su representante y recogerá mi confesión final. Si de veras existe la eternidad cristiana, ¿qué más da que sea un arriano, o no, quien me otorgue su perdón? El perdón existirá. Y si no existe esa vida eterna, también tanto da, porque su perdón no me hará ni bien ni mal.

La eternidad existe. ¡Tiene que existir! Pero nunca será un sueño, sino una realidad.

Mi corazón late lentamente. Cada vez más despacio. Siento las piernas embotadas y ponerme en pie cada día me resulta más difícil. ¡Ojalá pudiera viajar al pasado y corregir muchas de las decisiones que tomé! Alguien me lo agradecería. Incluso yo sería el más agradecido. Pero, ya no puedo engañarme más. El agotamiento resulta tan patente que los próximos pasos, los pocos que quedan, son demasiado evidentes como para ignorarlos y pensar que el tiempo puede alargarse en virtud de mi deseo. Teófilo también lo sabe. He podido leerlo esta noche en sus ojos, reflejado en aquella lágrima. El amor hacia el amo le concede el don de una inteligencia que se encuentra por encima de la sabiduría: la intuición. Me recuerda a Esdra, la perra que durmió a mis pies durante toda la campaña contra los germánicos, que me esperaba a la puerta del campamento cada vez que salía, que me acompañaba en las cacerías, y que un oso la mató. Ella conocía mis pensamientos tanto mejor que yo. Se echaba en un rincón de la tienda, con las orejas plegadas y el rabo escondido, cuando la ira me ahogaba; se sentaba ante mí, con la lengua fuera y la cola inquieta, cuando la broma y el buen humor presidían mi carácter; y reposaba su cabeza sobre mi rodilla, con dulzura, cuando la tristeza me embargaba. A veces se lo he dicho, a Teófilo, y él, lejos de ver una ofensa en la comparación, ha hinchado el pecho, complacido por la devoción que el emperador siente hacia su persona.

El tiempo se agota y esta tarde recibiré la señal que me permitirá acceder al cielo de los cristianos y después dejaré que la vida de este cuerpo se apague lentamente.

Todos los razonamientos y todas las reflexiones que he llevado a cabo me conducen hacia el mismo punto: la eternidad no es nuestra eternidad, sino la eternidad del universo, y nosotros desapareceremos para siempre jamás como unidad vital para devolver nuestras energías a quien nos las concedió. Me disgregaré y me fundiré con todo para seguir vivo en la vida total que me rodea, pero la conciencia, tal vez, casi seguro, la perderé.

Han sido años de oscuridad, de caída constante en el abismo del vicio, en busca de placeres que me permitiesen olvidar el pasado sangriento que me ha acompañado, y, de pronto, sin saber por qué, anoche encontré de nuevo la salida hacia la otra dimensión. Sin embargo, en esta ocasión, no fue instantánea. Me sentía dentro de un pozo y si levantaba la mirada podía ver la boca y, a través de ella, una luz. Inicié la ascensión y, conforme subía, unos rostros informes me impedían continuar y llenaban de temor mi corazón, se acercaban amenazadores y parecían querer lanzarse sobre mí, mientras yo intentaba apartarlos para proseguir el lento y pesado caminar, pero ellos huían sin que pudiese llegar a tocarlos.

Ha sido una lucha dura, llena de dolor, un caminar lento y cansado, un peregrinaje interminable, y un enfrentamiento constante a un pasado que he querido olvidar.

Finalmente, después de encararme a los horribles rostros que me rodeaban, poco a poco han desaparecido, y he accedido a la boca del pozo, y todo ha cambiado. La luz ha tomado el lugar de las tinieblas, la paz ha cubierto de bálsamo las heridas producidas por el dolor y la armonía ha asentado su reino y ha quebrado por completo la locura que existía dentro de mí hasta aquel momento. Sensaciones olvidadas han regresado a mí: mis oídos han escuchado de nuevo la música y mi mente se ha inundado de poesía, de los versos que Craso nos recitaba en Nicomedia; el tiempo se ha detenido y he contemplado de nuevo el infinito a mis pies. La eternidad se mostraba a mis ojos y el universo entero era una sola cosa. Yo no era yo, ninguno de los pensamientos que me rodean me atormentaba, y he tenido un sentimiento fugaz: si no regresaba nunca más, ya me conformaba. Desde allí podía contemplar este cuerpo que me ha acompañado durante toda la vida y le he visto como a un amigo, como a un ser externo que ha servido de soporte a mi persona, pero al que yo no pertenezco. Ni él a mí. Incluso, he pensado, parece un caballo y ya ha llegado el momento de cambiar de montura, porque está muy viejo. No obstante, lo más curioso de todo es que no me apenaba, a pesar de no saber hacia dónde iré ni qué haré a partir de ese momento.

¿Hay algo mejor que encontrarse bien?

De pronto, he sentido un escalofrío. No sé si porque el cielo ha cambiado por completo, las estrellas han huido y las nubes han oscurecido la luna y la han hecho prisionera o por culpa de todos estos recuerdos.

La tempestad se desata fuera de palacio e incluso hasta mí llega el fulgor del relámpago, mientras el estruendo del trueno estremece todo mi cuerpo, a pesar de que nunca he sentido miedo de la lluvia ni del viento. Pero, hoy es diferente. Unas pisadas parecen avanzar de noche mientras sus pies pisotean el barro y dejan la huella de sus sandalias que forma pequeños charcos que se llenan de agua sucia. Puedo oírle cada vez más cerca, mientras mi alma me abandona.

Dentro de poco saldrá el sol y yo apenas he dormido. Ahora ya no sé ni cómo ha empezado todo este repaso de mi vida. ¿Ha sido tu imagen, que me ha visitado? No, hoy no has venido y, a pesar de ello, te siento muy cerca, junto al lecho. Incluso ha habido un instante en que he estado a punto de volver la cabeza y gritar: ¡Minervina! Pero, después, he comprendido que no estabas, que todo había sido una jugarreta de mi imaginación. Y me he sentido triste.

Cuando estos ojos se cierren caminaré hacia la gran Constantinopla, la real y la verdadera ciudad inmortal, y en aquel momento, aunque haya llegado a la conclusión de que la eternidad no es nuestra y que nosotros formamos parte de un universo que se mueve según la Ley, mis labios pronunciarán una pregunta que ha convivido en mí desde que la trinidad de Constantino nació en Nicomedia. Y moriré con la duda de no saber ciertamente si la he respondido o no.

Será entonces, y sólo entonces, cuando en la oscuridad del desconocimiento, y con toda la sencillez que otorga la última humildad, gritaré muy fuerte: ¿De veras existe la eternidad?

Pero, ¿alguien me contestará...? ¿Serás tú, mi dulce Minervina, quien me responderá...?

OTRAS OBRAS DE ALBERT SALVADÓ

Si habéis disfrutado con la lectura, quizás os interese conocer otras obras de Albert Salvadó, todas disponibles en formato de libro electrónico.

EL INFORME PHAETON

Ésta no es una novela normal. Si la empieza, tiene que acabarla. No porque se lo diga el autor, sino porque, quizás, no podrá dejarla hasta cerrar la última página.

A través de un relato lleno de misterio, un escritor halla una explicación alternativa a todo lo que nos han contado, que mueve su interior y le abre las puertas de un mundo fascinante, hasta conducirle a un descubrimiento demoledor que lo cambia todo: el Diluvio Universal lo provocamos nosotros mismos: el ser humano. No hubo ninguna intervención divina. Y lo demuestra.

Dice la leyenda de los indios Hopi: «La explosión demográfica, la multiplicación de las mega-polis y de los transportes aéreos hicieron que el Hombre no se conformase únicamente con la creación... siempre deseaba más y más. No dejaba de producir incluso lo que no necesitaba y cuanto más tenía, más reclamaba.»

¿De qué «mega-polis» y de qué «transportes aéreos» hablaban? Porque la leyenda Hopi tiene siglos y siglos de antigüedad.

Por otro lado, hay un mínimo de 83 relatos y leyendas que hablan de un gran cataclismo y de montañas de agua que se nos vinieron encima. Y todos esos relatos hablan de un hombre previsor, que en nuestro caso fue Noé. Pero cada región tiene su salvador particular: Nata, Ouassou, Montezuma, Manu, Bergelmir, Yima, Nan-Choung y otro muchos Noés repartidos por toda la geografía mundial.

La pirámide de Keops... ¿Sólo es una tumba para un faraón?

Y, por si fuese poco, existe un libro silenciado y apartado de la Biblia, llamado el Libro de Enoc (uno de los patriarcas bíblicos) que habla sin tapujos de experimentos genéticos, naves, estaciones orbitales...

Ante semejante despliegue de información silenciada, el protagonista de esta misteriosa historia se pregunta: ¿Lo que nos han contado es la verdad? Y lo que es más interesante: ¿Las leyendas son sólo leyendas o son gritos de un pasado que nos implora que no lo olvidemos?

Albert Salvadó

LA GRAN CONCUBINA DE EGIPTO

Obra ganadora del IX Premio Néstor Luján de Novela Histórica (2005)

En el año 1100 antes de Jesucristo gobierna el faraón Ramsés XI, los caminos no son seguros, los comerciantes están asustados, las naciones vecinas no respetan a Egipto, la nación se rompe... Herihor, general del ejército del faraón, viaja a Tebas para salvar el imperio de las garras de Penehasy, usurpador nubio. Tras la gran victoria, recibe una revelación de los dioses y ocupa el puesto de Sumo Sacerdote. Él será el primer miembro de una nueva dinastía: la dinastía de los sacerdotes. Y pacta con el otro gran general, Smendes, que Ramsés XI continuará siendo el faraón, pero ahora habrá dos reyes: Smendes reinará en el norte y Herihor reinará en el sur. Ellos pactan la división de poderes y toman todas las decisiones. Sin embargo, la muerte de Herihor se convierte en un misterio que amenaza con desencadenar la peor de todas las crisis. Su cuerpo ha desaparecido y si no pueden enterrarlo su sucesor no puede acceder al trono, con lo que Ramsés puede reclamar de nuevo el reino de Tebas. ¿Dónde está el cuerpo de Herihor?, se preguntan todos y el misterio crece,mientras su esposa Nodyme, la Gran Concubina de Egipto, mueve los hilos con una sutileza digna del mejor de los gobernantes y decide por encima de todos.

EL ANILLO DE ATILA

Obra ganadora del Premio Fiter i Rossell del Círculo de las Artes y las Letras.

En pleno siglo V, Constantinopla y Roma contemplan con preocupación cómo todas las tierras entre el Rin, el Danuvio, el Volga y el mar Báltico rinden homenaje y pleitesía al nuevo emperador de los hunos, como se hace llamar Atila.
Y la preocupación se convierte en pánico cuando empieza a circular la leyenda que habla de un hombre que está por encima de los demás mortales, porque ha recibido de manos de los dioses la espada de Marte.
Severo Antonio Braulio Teodosio, general, embajador y senador, vivirá una vida entera para descubrir que somos los hombres que levantamos los imperios y, también somos nosotros, quienes los hundimos.
Mientras, todo el Imperio cae a su alrededor, él, desde su villa de Tarraco, relata a su amigo Pablo Orosio, que escribió la historia de aquellos días, sus recuerdos, los de una época increíble, en la que la aparición de un hombre irrepetible, el gran Atila, se unió a otra figura que marcó el final absoluto del Imperio Romano de Occidente: Gala Placidia. Nieta, hija, hermanastra, esposa y madre de emperadores, se sentó durante treinta años en la silla imperial.

El gran Severo, espectador privilegiado por los cargos que ocupó, grita: ¡Nunca, en toda la historia, hubo una mujer tan predestinada! Y relata con todos los pormenores cómo Gala Placidia enfrentó a los mejores generales de Roma entre sí, impulsó a Atila a atacar un Imperio debilitado y ahogado por la corrupción, la traición, la codicia y el vicio, y dejó en el trono a su hijo Valentiniano, un verdadero monstruo.

El resultado no podía ser otro, y la historia ha hecho justicia.

EL MAESTRO DE KEOPS

Obra ganadora del PREMIO NÉSTOR LUJÁN DE NOVELA HISTÓRICA.

Esta es la historia de la época del faraón Snefrú y la reina Heteferes, padres de Keops, el constructor de la mayor y más impresionante de las pirámides. También es la historia de Sedum, un esclavo que llegó a ser el maestro de Keops, del sumo sacerdote Ramosi y del nacimiento de la primera pirámide.

Sebekhotep, el gran sabio de aquellos tiempos, decía: «Todo está escrito en las estrellas. La mayor parte de nosotros vivimos sin ser conscientes de ello; algunos son capaces de leer en ellas y ver el destino; pero muy pocos aprenden a escribir sobre ellas y pueden cambiar el destino».

Ramosi y Sedum aprendieron a escribir e intentaron cambiar sus destinos, pero su suerte fue muy desigual. He aquí el relato del enfrentamiento de dos inteligencias: una luchaba por el poder y la otra por la libertad.

EL RELATO DE GÜNTER PSARRIS

Los que la han leído dicen que se trata de un relato duro, pero que es, a la vez, el más tierno y humano que ha escrito Albert Salvadó.

En una cabaña en mitad de los Pirineos, tres hombres encuentran el cadáver de un pastor, la fotografía de un oficial nazi y un manuscrito.
Ésta es la apasionante historia de Günter Psarris, a quien el mundo convirtió en asesino, aunque él nunca dejó de ser una gran persona. Vivió durante la Segunda Guerra mundial en la Alemania de la locura, fue encerrado en el campo de Mauthausen y sobrevivió. Sin embargo, el precio que pagó por ello fue muy elevado.
Ésta es también la historia de alguien que amó con locura, que fue deportado y que el mundo, lejos de su casa, le trató con dureza y le robó cuanto tenía. Incluso el amor. Y ésta es una historia llena de esperanza y de lecciones, de un episodio reciente de la humanidad que ha quedado marcado por la violencia, la brutalidad, el salvajismo y el desprecio absoluto por todo aquello que es sagrado: la vida humana. Sin embargo, Günter Psarris sabe que la

vida continua y que el amor es eterno. Y eso nadie se lo puede robar.

EL PUÑAL DEL SARRACENO

(Primera parte de la trilogía de JAIME I EL CONQUISTADOR)

Sin duda alguna, la trilogía de de JAIME I EL CONQUISTADOR es una de las obras cumbre de Albert Salvadó. Estuvo durante más de cuatro meses en las listas de los más vendidos. Se han vendido en formato impreso más de 70.000 trilogías.

EL PUÑAL DEL SARRACENO es la primer aparte de esta trilogía y abarca los primeros 20 años del monarca que se sentó en el trono durante más de 60 años.

Ser hijo de rey no es sinónimo de nacer predestinado, y LA HISTORIA DE JAIME I, llamado EL CONQUISTADOR, constituye la prueba más evidente. A la tierna edad de tres años era un prisionero, pero un hombre con una voluntad de hierro es capaz de cambiar el futuro y convertirse en el rey más grande de su tiempo. Pocos reinados han sido tan largos como el suyo. ¡Más de sesenta años en el trono! Sin embargo para llegar hay que luchar. Y no tan solo en el campo de batalla. Jaime tuvo que escalar los peldaños que conducen al trono, y para hacerlo, antes tuvo que recibir la enseñanza que se adquiere en la Escuela de los Sonidos y que sólo podría otorgarle Luís de Estemariu, un caballero templario proscrito.

LA REINA HÚNGARA

(Segunda parte de la Trilogía de JAIME I EL CONQUISTADOR)

LA REINA HÚNGARA es la segunda parte de la trilogía de JAIME I EL CONQUISTADOR, una de las obras cumbres de Albert Salvadó. Ha estado más de cuatro meses en las listas de los más vendidos.

Jaime ya es rey. Ha conseguido escalar los peldaños que ascienden hasta el trono, ha pacificado ARAGÓN y CATALUÑA y se ha sentado en lo más alto del poder. Ahora llega el momento de contemplar el horizonte e iniciar las grandes conquistas. MALLORCA y VALENCIA le aguardan.

Y aparece también con toda fuerza de la pasión, su conquista más importante, Violante de Hungría, LA REINA HÚNGARA, una de las historias de amor más tiernas y, al mismo tiempo, más turbulenta. Entre plazas, castillos y luchas internas con los nobles, caen las murallas y los corazones. Y en medio se alza Violante, LA REINA HÚNGARA. Sin duda es la etapa más apasionante y más apasionada de JAIME I EL CONQUISTADOR.

Albert Salvadó

HABLAD O MATADME

(Tercera parte de la trilogía de JAIME I EL CONQUISTADOR)

HABLAD O MATADME es la tercera y última entrega de la trilogía de JAIME I EL CONQUISTADOR, la gran aventura en la Europa del siglo XIII, una de las obras cumbre de Albert Salvadó, sin duda alguna. Más de cuatro meses en las listas de los más vendidos.

El rey Jaime ya ha conquistado Mallorca y Valencia, pero sus enemigos son cada vez más poderosos. Ahora se enfrenta a la Iglesia, a las envidias e intrigas de los nobles y a las luchas de sus hijos por conquistar el poder. Los reinos de Castilla y León se enfrentan con Aragón y Cataluña y hay revueltas y sublevaciones en la Corona.
En esta tercera parte, Jaime I el Conquistador, el rey que conquistó tierras y corazones, nos ofrece su legado ideológico y en ella descubriremos el desenlace de la trilogía y cómo utilizar la última vocal de la Escuela de los Sonidos, la que Luís de Estemariu, el caballero proscrito, no pudo enseñarle y que abre la puerta del espíritu.

www.ingramcontent.com/pod-product-compliance
Lightning Source LLC
Chambersburg PA
CBHW070457260626
47161CB00004B/1338